Histórias & Fábulas

APLICADAS A TREINAMENTO

Albigenor & Rose Militão

Histórias & Fábulas

APLICADAS A TREINAMENTO

QUALITYMARK

Direção Editorial	Produção Editorial
SAIDUL RAHMAN MAHOMED editor@qualitymark.com.br	EQUIPE QUALITYMARK

Capa	Editoração Eletrônica
WAGNER DIAZ	EQUIPE QUALITYMARK

1ª Edição: 2002

1ª Reimpressão: 2003	4ª Reimpressão: 2007
2ª Reimpressão: 2004	5ª Reimpressão: 2008
3ª Reimpressão: 2005	6ª Reimpressão: 2012

CIP-Brasil. Catalogação na fonte
Sindicato Nacional dos Editores de Livros, RJ

M588h

Militão, Albigenor
Histórias e fábulas aplicadas a treinamento / Albigenor & Rose Militão – Rio de Janeiro : Qualitymark Editora, 2012.
160p.

Inclui bibliografia
ISBN 978-85-7303-833-0

1. Contos. 2. Fábulas. 3. Dinâmica de grupo. I. Militão, Rose. II. Título.

02-1228 CDD: 158.2
CDU: 159.954.4

2012
IMPRESSO NO BRASIL

Qualitymark Editora Ltda.
Rua Teixeira Júnior, 441 - São Cristóvão
20921-405 – Rio de Janeiro – RJ
Tel: (21) 3295-9800 ou 3094-8400

QualityPhone: 0800-0263311
www.qualitymark.com.br
E-mail: quality@qualitymark.com.br
Fax: (21) 3295-9824

Agradecemos...

A Deus pela vontade, saúde, garra e parceria de Nós Três.

Aos nossos clientes, amigos, treinandos, parceiros, Equipe Qualitymark e Equipe ImagemDomínio pelas histórias vivenciadas juntos.

Dedicamos este livro...

A Dany e Diogo – o melhor capítulo da nossa história.

Toda história que se preza,
começa com...

Era uma vez...

ERA uma vez a idéia de fazer um livro de histórias diferente. Um livro que não tivesse só os relatos, mas que pudesse oferecer aos leitores – ou contadores das histórias – o *porquê* e *pra quê* de cada história.

E essa idéia já está conosco desde janeiro/94, na concepção do esboço inicial do **"S.O.S. Dinâmica de Grupo"**, onde incluímos 19 *(dezenove)* das histórias mais usadas por nós. Mas, na verdade, o nosso desejo maior era publicar um livro só de *histórias & fábulas*.

Resgatamos a idéia em abril/99 e, outra vez, um outro projeto foi priorizado: fazer o **"Jogos, Dinâmicas & Vivências Grupais"**, para ser lançado no *CONARH/2000*. Em seguida, recebemos o convite do nosso Editor para fazer parte do grupo de escritores, no livro **"Gerenciar no Limite"**. Essa feliz parceria foi um presente para nós. O livro foi lançado em novembro/00. Finalmente, em agosto/2001, lançamos o **"Vitalizadores"**, nosso terceiro livro da série *"Dinâmica de Grupo"*.

Ao longo de todo esse tempo, fomos catalogando, criando, adaptando, para oferecer a você, mais um capítulo da nossa história:

HISTÓRIAS & FÁBULAS APLICADAS A TREINAMENTO

Somos verdadeiramente apaixonados por uma boa história! Sempre, em nossos treinamentos, começamos contando alguma *"historinha"*.

Descobrimos que esse recurso é fantástico, pois, contar histórias é certamente um ato de renovação, onde todos se transportam para a-quela cena: *uma floresta cheia de bichos, uma criança no hospital, uma águia que pensa ser galinha, um rei incomodado pelo sentido da vida, um casal que vivia brigando, uma carpintaria cheia de ferramentas falantes* e tantas outras cenas de riquezas extraordinárias para a vida.

Esperamos, sinceramente, que você aproveite e que este livro sirva aos seus propósitos: *estimular, emocionar, ensinar, aprender, mu-dar, chorar... trazer, para você e seus treinandos, lições e aprendizados para a vida.*

Obrigado por você fazer parte da nossa história! Receba um a-braço, de nós dois.

Albi & Rose

Índice

Parte 1 – ESCOLHA SUA HISTÓRIA

Parte 2 – ENRIQUEÇA SUA HISTÓRIA

O que é...

◆ HISTÓRIA

Narrativa sistematizada, verdadeira e real, de um fato ou fatos passados, em relação a uma ou mais pessoas, um povo, um país.

◆ ESTÓRIA

Conto popular, narrativa tradicional, folclórica, "causo", lenda. História irreal. Uma situação ilustrada em forma de história, para dar um maior realismo.

◆ FÁBULA

Narrativa curta e agradável, que encerra uma verdade (moral) e na qual intervém animais. História onde os protagonistas são bichos.

◆ PARÁBOLA

Relato curto e simples que traduz uma verdade moral ou lição religiosa. Uma história em forma de metáfora, comparação, para fazer analogia e gerar algum aprendizado.

**Fonte: *MINIDICIONÁRIO SACCONI DA LÍNGUA PORTUGUESA*
*Atual Editora/São Paulo – SP***

Parte 1

ESCOLHA SUA HISTÓRIA

1 Proativo versus reativo

Luiz era funcionário de uma empresa há quatro anos. Naquele dia, ele estava muito chateado e resolvera ter uma conversa com o proprietário. Ao se encaminhar até à sala onde ocorreria a conversa, ele ficou se questionando porque estava sendo tão injustiçado. Quanto mais ele pensava, mais certeza tinha que precisava tirar isso a limpo.

Aproximou-se do dono da empresa e foi logo falando: "– *Estou chateado! Convivo com vocês há quatro anos e nunca pedi nada. Fiquei sabendo que o Maurício, que chegou há apenas seis meses, já entrou ganhando igual a mim. E o mais grave: tem um boato de que ele recebeu aumento de salário! Quero saber como fica a minha situação, já que estou na empresa há mais tempo.*"

O proprietário concorda que Luiz tem o direito de ficar chateado e apenas lhe pede um favor: "– *Gostaria que você fosse até o supermercado da esquina e verifique se tem abacaxi, pois deverei realizar um encontro, ainda hoje, com todos os funcionários e quero servir frutas no lanche.*"

Luiz ficou sem entender nada, mas foi até o supermercado, conforme lhe fora solicitado. Retornou e informou que havia bastante abacaxi.

O patrão chama Maurício e lhe faz a mesma solicitação pedida a Luiz. Determina, ainda, que Luiz permaneça na sala, até que Maurício retorne.

Ao retornar, Maurício informa: "– *Tem abacaxi, mas eles não estão muito bons, pois estão verdes e pequenos. No entanto, as melancias, melões e tangerinas estão excelentes; as bananas, maçãs e uvas estão com ótimos preços, além de estarem maduras, o que seria ótimo para a festa*".

Nesse momento, o patrão olha para Luiz e exclama: "– *Esta é uma das razões porque o Maurício está em melhor situação salarial que você! Ele poderia ter retornado com uma resposta simples, mas foi mais além, trouxe outras possibilidades e me deu alternativas de escolha. Ele poderia ter sido reativo – apenas ter trazido a resposta solicitada –, no entanto, ele foi proativo".*

☑ *Objetivo*

Mostrar a necessidade de se desenvolver habilidades que agreguem soluções e eficácia ao trabalho realizado.

☑ *Sugestão de Aplicação*

Iniciar uma palestra motivacional perguntando o que é uma ***pessoa reativa*** e uma ***pessoa proativa***. Comparar com ***eficiência e eficácia***.

Em seguida, contar a história e fazer analogia com o dia-a-dia no trabalho.

☑ *Aprendizado*

◆ SEJA PROATIVO!

No livro de Stephen Covey, ***"Os Sete Hábitos das Pessoas Altamente Eficazes"***, *SER PROATIVO* é o primeiro hábito. A proatividade é o caminho para a excelência. Ser proativo é antecipar soluções, mostrar alternativas de como algo poderia ser feito melhor. Pessoas proativas são mais eficazes, destacam-se com mais facilidade e tornam-se mais aptas a exercer novas funções, novas atribuições e, conseqüentemente, ter êxito – na vida pessoal e profissional.

2 ...e a vaca foi pro brejo!

UM velho monge e seu discípulo costumavam visitar as pessoas que moravam em vilarejos distantes da cidade. Num dos seus passeios, já estava anoitecendo e eles ainda estavam no meio de uma estrada, distantes do vilarejo para onde se dirigiam. Avistaram um sítio, aproximaram-se e pediram pousada durante aquela noite.

O sítio era muito simples. Ali, viviam um casal de aparência humilde e seus três filhos, pequenos, raquíticos. A pobreza do lugar era visível e, mesmo assim, eles acolheram, de bom grado, a dupla de viajantes.

Durante o jantar, onde fora servido mingau de leite com farinha, o mestre indagou: "*– Neste lugar não há sinais de comércio ou de algum trabalho. Também não vimos nenhuma plantação. Como vocês sobrevivem aqui?*"

O dono da casa respondeu: "*– Meu amigo, nós temos uma milagrosa vaquinha, que nos dá vários litros de leite todos os dias. Uma parte desse leite nós vendemos ou trocamos na cidade, por outros alimentos ou coisas que necessitamos. Outra parte fazemos queijo, coalhada, pirão e, assim, vamos sobrevivendo. Não sabemos plantar, também acho que essa terra não dá nada e tudo aqui é muito difícil. Ai de nós se perdermos a nossa vaquinha!*"

De madrugada, os dois receberam um copo de leite quente. Em seguida, agradeceram a hospitalidade e foram embora. Assim que saíram do sítio, o mestre ordenou ao discípulo que ele pegasse a vaca e a atirasse num precipício. O jovem, surpreso, não só se chateou como ficou revoltado com a atitude desumana do seu mestre: "*– Como podemos destruir a única fonte de sobrevivência dessa família?*"

Relutou um pouco, mas limitou-se a cumprir a ordem do mestre. Alguns anos depois, o jovem, retornando sozinho àquela região, resolveu dirigir-se ao sítio daquela família que lhes hospedara.

Chegando lá, qual não foi o seu espanto quando verificou que o local havia mudado muito. O casal que vinha em sua direção era o mesmo, mas estava feliz. As crianças cresceram e, agora, já quase adolescentes, estavam bonitas, bem nutridas. Tudo havia mudado e para melhor: horta, frutas, galinhas, animais diversos passeavam pelo sítio. O jovem, não acreditando no que via e ainda sentindo-se culpado, questionou: *"– Como é possível vocês terem progredido tanto?!"*

Ao que o casal respondeu: *"– Quando vocês estiveram aqui a nossa situação não era das melhores. Tínhamos só uma vaquinha e toda nossa sobrevivência vinha dela. Logo após a saída de vocês, aconteceu uma tragédia – nossa vaquinha caiu num precipício. Entramos em desespero, mas, daí em diante, tivemos que fazer outras coisas, desenvolver outros meios de sobrevivência. Descobrimos que a nossa terra era fértil e boa para legumes e frutas. Fomos, aos poucos, criando gosto e hoje é essa beleza que o senhor está vendo. Graças à perda da nossa vaquinha".*

☑ *Objetivo*

Esta história é bastante oportuna para ser contada a grupos onde se trabalha *motivação, mudança, planejamento, situações de crise*, quando as pessoas ou a empresa se vêem obrigadas a sair da sua zona de conforto.

É uma história adequada para levar as pessoas à reflexão sobre *situações de acomodação* e o quanto é importante a *inovação*.

☑ *Sugestão de Aplicação*

Reflita com seu grupo acerca dos diversos momentos que passamos na vida, onde, muitas vezes, verbalizamos ter chegado ao *"fundo do poço"*, que a situação não tem mais jeito, que nada pode ser mudado.

Troque experiências onde cada pessoa poderá falar de alguma situação onde teve a sua única *"vaquinha"* indo para o brejo.

Experimente, em seguida, aplicar a dinâmica ***"Espaços Vazios"*** *(Jogos, Dinâmicas & Vivências Grupais – página 87 – Qualitymark Editora – Albigenor & Rose Militão).*

☑ ***Aprendizado***

◆ MANDE SUA VACA PRO BREJO!

Crises são deixas para o nosso crescimento. Sermos obrigados a sair da zona de conforto machuca, mas, no final, ficamos mais fortalecidos, mais criativos.

Mandar a vaca para o brejo não significa perder e morrer. É, na verdade, uma excelente e dolorosa oportunidade para redimensionar valores, atitudes e novos planos.

3 Uma estória de sapo

UM dia, nasceu um sapinho e, quase que no momento do seu nascimento, ingênua e inadvertidamente, caiu num buraco: *ploft!* Ali ficou. Era razoavelmente amplo, tinha água, era escurinho, aquecido, livre dos perigos, havia o necessário para a sua sobrevivência, enfim, era um mundo maravilhoso.

O tempo foi passando, o sapinho transformou-se em sapo, sapão... e um sapão gordo, inchado e numa zona de conforto, daquela que ele pediu a Deus.

Num certo dia, ele acorda em meio a um barulho estranho e novo, para o mundo em que vivia: caiu bem perto dele, um bicho estranho e meio peçonhento.

"– Ué! Quem é você?!" – pergunta ele, assustado.

"– Sou um sapo, ora!" – respondeu o estranho visitante. *"– Mas, sapo sou eu!"* – questionou o habitante do buraco.

"– Meu amigo, existem milhares de sapos no mundo lá fora." – retrucou o outro.

"– Mundo lá fora?! Como assim?" – indagou o dono do buraco.

"– É, meu amigo... o mundo lá fora é maravilhoso. E uma das coisas que faz com que ele seja mais maravilhoso ainda, são umas criaturinhas especiais, razão maior da nossa vida de sapo: as sapinhas. Além disso – continuou ele – *é magnífico o entardecer, quando ficamos todos juntos, cantando nas lagoas e nos alimentando dos mosquitos que voam desgovernados."*

"– Lagoas?! Mosquitos?! – mais surpresas para o velho e acomodado sapo.

"– E tem mais: quando anoitece, é lindo o céu cheio de estrelas!" – ressaltou, romanticamente, o sapinho sapeca.

"– Epa! Aí você não me pega. Eu, também, todas as noites, consigo contar quatro a cinco estrelas, vistas daqui de casa." – gabou-se o acomodado.

"– Não, meu amigo. Vemos milhões e milhões de estrelas..."

E, assim, o sapinho foi dissertando sobre as belezas e vantagens do mundo lá fora. Mas, parou um pouco e, reflexivamente, prosseguiu: *"– Por outro lado, tem um bicho terrível, do qual precisamos ter muito cuidado e que não tem reconhecido o quanto somos úteis no processo de equilíbrio do meio ambiente... quando a gente menos espera, ele chega, de repente e chuta a gente e a gente rola, rola, que parece uma bola murcha... joga sal no nosso dorso... coloca álcool em nossas costas e depois (ai!) ateia fogo e a gente sai pulando, pulando, no desespero das labaredas queimando o nosso corpo: é o bicho-homem. Além do homem, tem outro bicho traiçoeiro, peçonhento, e que precisamos estar sempre em alerta: as cobras. Mas, é bom. Bom, não... é maravilhoso viver e amar nesse mundão todo lá fora!... Bem, tá ficando tarde. Eu vou dar um pulinho e continuar meu passeio."*

"– Pulinho?!" – surpreendeu-se, mais uma vez, o sapo do buraco.

"– Sim, meu amigo. Sapo pula. E, a propósito, você não gostaria de ir comigo?"

"– Pensando bem, com esse negócio de 'homem'... de 'cobra'... desses perigos todos que você falou, acho melhor não. Prefiro ficar por aqui. Pelo menos, aqui eu já sei que tá bom. Pode ir... eu tô muito bem aqui."

E ali ficou o sapão: gordo, feliz, inchado e acomodado.

☑ *Objetivo*

Ressaltar a importância de sair da zona de conforto, ousar, arriscar, empreender.

☑ *Sugestão de Aplicação*

Ideal para ser contada a grupos onde o enfoque seja mudança. Reforçar a necessidade de sair em busca de outros caminhos.

É uma fábula excelente para ser aplicada em workshops de planejamento estratégico, principalmente antes de o grupo responder e listar a velha pergunta: *O que nos ameaça no nosso negócio?*

☑ *Aprendizado*

◆ QUE TIPO DE SAPO VOCÊ É?

É preciso experimentar *"sair da zona de conforto"*. Vimos o exemplo de dois *"sapos"* ou *"gentes"*: um, acomodado, preguiçoso, enfurnado no seu mundinho limitado, curtindo a felicidade ao seu modo; o outro, entusiasmado, ágil, criativo, buscando sempre coisas novas, ambientes novos, novos amigos, novas realizações.

Que tipo de sapo você está sendo? Acomodado, medroso, gordo e ultrapassado? Ou um sapinho sapeca, que arrisca, mesmo consciente dos perigos? Que sai do buraco.

Lá fora, existem muitos perigos, mas, em compensação, também existem coisas extraordinárias a serem descobertas e realizadas por você.

4 Perseverar, sim!

ESTA é a história verdadeira de um vendedor, que morava na região do Colorado (EUA). O relato que vamos contar é verdadeiro e aconteceu por volta do final dos anos 50... início dos anos 60. Deby era o seu nome. Era casado e não tinha filhos.

Insatisfeito com a sacrificada rotina de vendedor, um dia sugeriu à esposa que gostaria de vender tudo o que tinham, comprar um pedaço de terra e começar a fazer algo diferente. Depois de muito insistir, ela terminou cedendo.

E assim fizeram: venderam a casa, algumas outras posses e adquiriram uma área bem razoável de terra. Lá, construíram uma outra casa, cavaram um poço e começaram a trabalhar na terra. Num belo dia, ele bateu com a enxada numas pedras estranhas e... despretensiosamente, lavou-as, colocou-as numa mochila e foi até à cidade vizinha, onde procurou um ourives.

O ourives analisou cada uma das pedras e, finalmente, curioso, perguntou ao Deby: *"– Onde o senhor conseguiu estas pedras?"* Ao que ele respondeu: *"– Olhe, moço... elas estavam no fundo de um baú lá em casa e me eram parte da herança de minha avó... daí eu querer saber se elas têm algum valor."* O ourives voltou a falar e disse: *"– Realmente, elas valem um bom dinheiro... isto é ouro!"*

O Deby ficou numa felicidade contida, mal esperando chegar em casa para contar à esposa a grande notícia.

Chegando em casa, pegou-a pela mão e saiu, com a enxada na outra, e foram até o local onde ele havia achado as pedras.

Cavou e achou mais. Cavou noutro... e noutro lugar, achou de novo. Ao que a esposa, sabiamente, disse: *"– Se nós dermos com a língua nos dentes, vamos ficar ilhados. Vai ser uma corrida louca pra cá. Acho melhor a gente tentar convencer algumas pessoas da nossa família a fazer o que nós fizemos. Compraremos máquinas, conseguiremos licença para mineração, contratamos quem for necessário e aí nós vamos ficar muito ricos!"* E assim fizeram: em menos de três meses estavam de *vento em popa* garimpando ouro, muito ouro.

Mas, em pouco tempo, o ouro começou a ficar escasso e, naturalmente, o sonho milionário foi se desmoronando. As cobranças ao Deby e sua esposa eram constantes: *"– Vocês disseram que nós íamos ficar ricos... e, agora, o que produzimos só está dando para cobrir despesas de manutenção e pagamento dos trabalhadores!"*

Depois de muitas críticas, Deby resolveu: *"– Vamos vender tudo. Pelo menos a gente recupera o capital empregado... Cada um retorna ao seu antigo trabalho, inclusive eu, que vou voltar pra minha vidinha de vendedor."* E assim fizeram: venderam as terras, meio imprestáveis, para uma construtora e cada um retornou às suas origens. Por volta de um mês depois, Deby estava andando por uma calçada, segurando a sua pastinha de vendedor, e ficou curioso ao ver uma manchete num jornal:

DESCOBERTO O MAIOR FILÃO DE OURO DO PLANETA!

Como ele havia trabalhado com ouro até pouco tempo, nada mais natural a curiosidade. Aproximou-se e viu uma foto que lhe fez acelerar o coração: *reconheceu uma das suas máquinas e o novo proprietário das terras.* Embaixo da foto, uma legenda:

> ***"Se os antigos donos tivessem sido perseverantes, não tivessem desistido e, por outro lado, tivessem cavado um metro a mais, a partir de onde a máquina ficou parada, teriam encontrado o que nós encontramos."***

Naquele momento, ele disse que tinha duas opções: *dar um tiro na cabeça ou... levantar, sacudir a poeira, dar a volta por cima e dizer, com muita convicção:* ***a partir de hoje, em qualquer situação da minha vida, jamais deixarei de CAVAR UM METRO A MAIS!***

De fato, a partir daquele dia ele não mais foi vendedor e passou a fazer palestras incentivando as pessoas em como não desistirem dos seus propósitos.

Esta história veio à tona, publicada num exemplar da *Revista Fortune*. A repórter, em meio à entrevista ao Deby, indagou-lhe: *"Qual a razão do seu sucesso?"* Ele lhe respondeu, mostrando uma pequena placa de ouro que estava numa prateleira da sua estante:

"VOCÊ QUER TER SUCESSO NA VIDA? ENTÃO...
...CAVE UM METRO A MAIS!"

☑ *Objetivo*

Esta história possibilita a reflexão sobre alcance de metas, perseverança de propósitos, automotivação, acreditar nos seus sonhos e partir em busca de concretizá-los.

Principalmente, superar todas as dificuldades e ver o sonho realizado.

☑ *Sugestão de Aplicação*

Utilizar como fechamento em encontros sobre motivação, vendas. Criar algum clima de expectativa, falando que a história é sobre um vendedor que encontrou um pote de ouro e como ele fez pra chegar lá.

☑ *Aprendizado*

◆ CAVE UM METRO A MAIS!

Tem pessoas que desistem fácil, estão sempre achando que as coisas são muito difíceis, que nada vai dar certo.

É preciso persistir, acreditar que você é capaz, que Deus está com você e que Ele nos dá as bênçãos por inteiro. Projetos, mudanças internas, idéias novas, troca de opiniões, retomada de ações que estavam no esquecimento... na hora de desistir, é bom refletir, buscar ajuda, parceria... é hora de CAVAR UM METRO A MAIS!

Cavar um metro a mais... na vida profissional, nos projetos pessoais, na relação conjugal, no diálogo com os filhos, na relação com Deus.

5 A Crise

QUANDO viajamos por estradas do interior é comum vermos diversas barracas com pessoas vendendo frutas, doces, artesanatos, etc.

Existia um homem que, igual a tantos outros do lugar, vivia à beira de uma estrada, com a sua barraca, vendendo cachorro-quente. A diferença é que o seu cachorro-quente era o melhor. As pessoas que passavam, normalmente paravam e comiam. Durante um bom trecho da estrada, nas duas direções, o dono da barraca colocou placas indicativas, procurando, com isso, fazer a divulgação do seu negócio. Quando as pessoas paravam, ele oferecia o seu produto em voz alta e atendia de forma excelente cada freguês. As vendas iam aumentando e, cada vez mais, ele comprava o melhor pão e a melhor salsicha, assim como adquiriu o melhor fogão para atender a grande quantidade de pessoas que paravam para comer o seu cachorro-quente.

A cada dia, seu negócio prosperava, tanto que dele retirava os recursos para custear os estudos de seu único filho numa boa escola da cidade grande. O seu sonho era ver esse filho doutor.

Algum tempo depois, o filho retorna para visitar os pais e percebe que ele continuava com a mesma vidinha de sempre e, por esse motivo, resolveu ter uma séria conversa com a família, especialmente com o pai.

"– Pai, então você não sabe o que está acontecendo no mundo? Não vê televisão, não lê jornal?! Há uma grande crise no mundo. A situação do nosso país é crítica. Está tudo ruim, o Brasil vai quebrar e o senhor continua vendendo esse seu cachorro-quente, alheio a tudo, nessa alegria de quem não sabe o que vai lhe acontecer."

Depois de ouvir o *"discurso"* do filho, o pai pensou: *"Bem, se meu filho – que estudou tanto – diz que a coisa está ruim, ele só pode ter razão."* Com medo da crise e para economizar, começou a procurar pão e salsicha mais baratos e com qualidade duvidosa. Diminuiu a quantidade de placas na estrada e, abatido pela notícia da crise, que seu filho trouxera, já não oferecia o seu produto em voz alta. Sua motivação tinha ido embora.

Tomadas todas essas *"providências"*, as vendas começaram a cair, até chegar a níveis insuportáveis. Assim, o negócio do cachorro-quente na estrada, que não se intimidava com a concorrência e que, até então, pagou os estudos do filho na cidade, quebrou.

O pai, triste, falou para o filho: *"– Você estava certo, meu filho. Nós estamos no meio de uma grande crise."* Assim, orgulhoso, passou a comentar com os amigos: *"– Bendita a hora em que fiz meu filho estudar na cidade! Só ele para me avisar da crise."*

☑ *Objetivo*

Trabalhar a credibilidade das informações que nos passam. Acreditar no que faz.

☑ *Sugestão de Aplicação*

Estória perfeita para ser compartilhada com platéias de profissionais liberais, pessoas que administram seus negócios.

Incentivar a fazerem o melhor. A darem a volta por cima, principalmente em momentos de crise.

☑ *Aprendizado*

◆ É NA DIFICULDADE QUE A GENTE CRESCE!

Crises são deixas para o crescimento pessoal e profissional. É difícil crescer sem ser sacudido por uma boa crise. Ela nos fortalece e nos prepara para sermos mais competitivos.

6 Os lenhadores

CONTA-SE que um jovem lenhador ficara impressionado com a eficácia e rapidez com que um velho e experiente lenhador da região onde morava, cortava e empilhava madeira das árvores que derrubava. O velho lenhador era um homem tranqüilo, bem relacionado com todos e era tido como uma pessoa de coração bom, além de ser considerado o melhor lenhador de toda a redondeza.

O jovem admirava-o e o seu desejo permanente era de, um dia, tornar-se tão bom, senão melhor, que aquele homem, no ofício de cortar madeira. Certo dia aquele jovem finalmente decidiu ir procurar o velho lenhador no propósito de aprender com quem mais sabia, e, assim, tornar-se o melhor lenhador que aquela cidadezinha já tinha ouvido falar. Passados alguns dias daquele aprendizado, o jovem resolvera que já sabia tudo e que aquele velho não era tão bom quanto falavam. Sendo assim, o jovem decidira afrontar o velho, desafiando-o para uma disputa: em um dia de trabalho, quem cortaria mais árvores. O velho lenhador aceitou, sabendo que seria mais uma oportunidade de dar uma lição no jovem arrogante. E assim fizeram. Reuniram testemunhas, formaram comissão julgadora, organizaram torcida, delimitaram as áreas onde seriam cortadas as árvores e, no dia escolhido para o confronto, lá se foram os dois decidir quem seria o melhor.

De um lado, o jovem, forte, robusto e incansável, mantinha-se firme, cortando as suas árvores. Do outro, o velho lenhador, desenvolvendo o seu trabalho, silencioso, tranqüilo, também firme e sem demonstrar nenhum cansaço.

Num dado momento, o jovem olhou para trás a fim de ver como estava o velho lenhador e qual não foi a sua surpresa, ao vê-lo sentado. O jovem riu e pensou: *"Além de velho e cansado, está ficando tolo; por acaso não sabe ele que estamos numa disputa?"* E assim, ele prosseguiu cortando lenha sem parar, sem descansar um minuto.

Ao final do tempo estabelecido, encontraram-se os dois e os representantes da comissão julgadora foram efetuar a contagem e medição e, para admiração de todos, foi constatado que o velho havia cortado ***duas vezes mais árvores que o jovem desafiante.***

Este, espantado e irritado, ao mesmo tempo, indagou-lhe qual o segredo para cortar tantas árvores, se, uma ou duas vezes que parara, apenas para olhar, o velho estava sentado bem tranqüilo, enquanto que ele não parou um só minuto. O velho, bastante tranqüilo, respondeu:

> ***"– Todas as vezes que você me via assentado, eu não estava simplesmente parado, descansando:***
> ***eu estava amolando o meu machado!"***

☑ *Objetivo*

Estimular a necessidade de parar para avaliar, reciclar, redimensionar a vida pessoal e profissional.

☑ *Sugestão de Aplicação*

Essa estória é ideal ser contada levando as pessoas até a cidadezinha dos lenhadores. Fazer um teatrinho, ao contá-la, estimula o interesse.

Internalizar bem o conteúdo da estória. Em seguida, trabalhar com o grupo o significado de amolar o machado. Fazer o *link* com a vinda das pessoas para o próprio evento – o que viemos fazer aqui?

☑ ***Aprendizado***

◆ É PRECISO PARAR, PARA... AMOLAR O MACHADO!

- ✓Repensar as ações e estruturas internas.
- ✓Dar uma parada nas áreas de trabalho, possibilitando maior e melhor reflexão sobre o desempenho das tarefas do dia-a-dia.
- ✓Treinar. Desenvolver-se continuamente.

7 O menino e o bombeiro

UM garoto de seis anos estava morrendo, vítima de leucemia. Sua mãe, consciente da gravidade da doença, resolvera fazer tudo para agradar ao filho. Estava ao lado dele em todos os momentos e queria muito que nada lhe faltasse.

Certo dia pegou a mão do filho e como que ignorando o pouco tempo que lhe restava, perguntou: "*– Filho, o que você gostaria de ser quando crescer? Você já imaginou ou sonhou o que faria da sua vida?*" O garoto, num lampejo de felicidade, respondeu: "*– Mamãe, eu gostaria muito de ser bombeiro!*"

Naquele mesmo dia, a mãe foi até o Corpo de Bombeiros e encontrou um homem a quem ela explicou a situação do filho, assim como o seu desejo em ser bombeiro. Perguntou se seria possível dar uma volta no quarteirão com o menino, num carro de bombeiros. O homem com quem ela estava falando era exatamente o chefe dos bombeiros e que assim respondeu: "*– Olhe, minha senhora,* ***nós podemos fazer melhor!*** *Se o seu filho estiver pronto às sete horas da manhã, faremos dele um bombeiro honorário por um dia. Ele ficará conosco no Corpo de Bombeiros, comerá conosco, sairá conosco em todas as chamadas de incên-*

dio, enfim, acompanhará todo o nosso trabalho. Ah! ***Ainda podemos fazer mais****: se a senhora nos der as medidas do garoto, conseguiremos um uniforme de bombeiro para ele – com chapéu, botas de borracha e luvas. Ele será um bombeiro mirim de verdade."*

Assim aconteceu. O garoto saiu do hospital para o seu glorioso dia de bombeiro mirim e não cabia em si de contente. Acompanhou três chamadas de incêndio, andou em várias viaturas, na caminhonete dos paramédicos e até no carro do chefe dos bombeiros.

A alegria que aqueles bombeiros proporcionaram ao menino lhe acrescentou ainda três meses de vida, até que, numa noite, sua situação voltou a se agravar e todos os sinais vitais começaram a cair drasticamente.

A mãe lembrou do dia em que o seu filho realizou seu sonho de ser bombeiro e como havia sido bom pra ele. Telefonou para o chefe dos bombeiros e solicitou que enviassem um bombeiro uniformizado ao hospital para estar com o garoto nesses últimos momentos da sua vida.

O chefe dos bombeiros disse que atenderia o seu pedido e respondeu: ***"– Nós podemos fazer melhor!*** *Estaremos aí em poucos minutos. Por favor, avise à direção e às pessoas do hospital que quando virem as luzes e a sirene tocando, não se tratará de incêndio – será apenas o Corpo de Bombeiros que veio visitar um dos seus melhores membros. Ah! Por favor, abra as janelas do quarto."*

Cinco minutos após, um caminhão com sirene, guincho e escada chega ao hospital e vários bombeiros entram e entregam ao menino uma medalha e o uniforme de Bombeiro Honorário. O olhar do garoto vai em direção ao chefe dos bombeiros e pergunta: *"– Chefe, sou mesmo um bombeiro, agora?"*

"– Sim, filho... um dos melhores." Ouvindo aquelas palavras, o menino sorriu pela última vez.

☑ *Objetivo*

Esta história é excelente para grupos em que o facilitador queira trabalhar proatividade, iniciativa e envolvimento com o trabalho.

☑ *Sugestão de Aplicação*

Reflita com o grupo como eles estão realizando o trabalho no dia-a-dia da empresa. Será que só fazem o estritamente necessário? Os erros repetidos, a falta de motivação... faltando vinte minutos para sair, todos já estão de *"bagagem"* arrumada.

Na vida de cada um, quantos já se perguntaram: eu posso fazer melhor?

☑ *Aprendizado*

◆ EU POSSO FAZER MELHOR!

Vivemos na era da valorização do ser humano. Nunca se falou tanto em iniciativa, vontade de fazer as coisas, dar o melhor de si. ***Eu posso fazer melhor*** é o diferencial das pessoas de sucesso, aquelas que fazem a diferença.

8 O passarinho

EXISTIA, próximo a uma pequena cidade, uma casinha bem simples, no alto da serra, onde morava um velho, sábio, contador de estórias, uma pessoa querida e respeitada por todos que viviam naquela região.

Certo dia, um grupo de garotos travessos e com energia transbordando, tiveram uma *"brilhante"* idéia:

"– Hoje, nós vamos desbancar aquele velho! Vamos mostrar pra ele que ele é capaz de errar. A gente pega um passarinho, bem pequenininho, coloca entre as mãos, vai até ele e pergunta o que é que a gente tem na mão. Como ele é sábio, facilmente vai responder. Aí é que a gente ferra ele: vamos perguntar, depois que ele acertar que é um pássaro, se o passarinho está vivo ou está morto. Se ele res-

ponder que está vivo, a gente aperta a mão e torce o pescoço do pássaro, mostrando pra ele que está morto; se responder que está morto, a gente abre a mão e o bichinho sai voando. De todo jeito, ele vai sair perdendo."

E assim fizeram. Pegaram o passarinho e dirigiram-se, eufóricos, até à casa do velho. Aproximaram-se, todos contentes, e foram logo perguntando, já subestimando a capacidade do homem:

"– O que é que a gente tem aqui entre as mãos? Ele olhou... olhou..., observou bastante e respondeu: *"– Um passarinho."*

"– Muito bem! Acertou. Agora, diga-nos: esse passarinho está vivo ou está morto?"

Olhando bem nos olhos de cada um dos garotos, com voz serena e cheia de autoridade, respondeu: ***"– Depende de vocês! A vida ou a morte desse passarinho está nas suas mãos."***

☑ *Objetivo*

Assumir as rédeas da vida. Deixar de colocar a culpa nos outros. Descobrir as potencialidades dentro de cada um.

☑ *Sugestão de Aplicação*

Essa estória é excelente para final de eventos. Depois de contá-la, ressaltar que tudo o que foi vivenciado até ali, depende única e exclusivamente de cada um, para colocar em prática e fazer o melhor.

Depende de vocês! Está em suas mãos. Ninguém poderá fazer você mudar.

Outra sugestão é contá-la após a aplicação da dinâmica-vivência **"Competências & Carências"** – *"Jogos, Dinâmicas & Vivências Grupais", página 190 – Qualitymark Editora – Albigenor & Rose Militão.*

☑ *Aprendizado*

◆ O SUCESSO OU O INSUCESSO ESTÁ NAS NOSSAS MÃOS!

Quantas vezes ficamos reclamando, acusando e dando desculpas, querendo que as coisas nos aconteçam prontas, sem que façamos nenhum esforço para obtê-las! A verdade é que, muitas vezes, grandes realizações são iniciadas pelas pequenas coisas, que estão ao nosso alcance, que dependem de nós e que estão nas nossas mãos.

9 O incêndio na floresta

Os animais da floresta estavam desesperados, pois um grande fogo estava vindo em sua direção, devorando tudo o que encontrava. Esperaram até o último momento, na expectativa de que alguém ou alguma coisa fizesse o fogo se apagar. Mas, o fogo estava longe de ser apagado. Resolveram, então, sair em disparada, pois corriam um grande risco de virarem churrasco de floresta.

Quando estavam debandando, perceberam um beija-flor, que vinha na direção oposta. O elefante, curioso, indagou: "*– Espere aí, pra onde você vai?! Não está vendo que estamos todos indo embora desse lugar? Está acontecendo um grande incêndio na floresta... volte, vamos conosco!*" O pequeno beija-flor respondeu: "*– Eu sei o que está acontecendo. Estou justamente indo pra lá e estou levando água no meu bico, para ajudar apagar o fogo.*"

Todos deram uma sonora gargalhada e ironizaram: "*Como você vai apagar esse incêndio? Com essa gotinha d'água?! Nem nós todos juntos conseguiremos, como você, sozinho, vai conseguir?*" O beija-flor retrucou: "*Se eu vou conseguir ou não... eu não sei. O certo é que eu estou fazendo a minha parte.*"

☑ *Objetivo*

Conte essa quando você sentir necessidade de reforçar compromissos pessoais, envolvimento, engajamento em algum projeto, etc.

☑ *Sugestão de Aplicação*

Às vezes, nos nossos grupos, encontramos pessoas que dizem não valer a pena qualquer tipo de mudança de atitude, pois dependem de outras pessoas: o chefe imediato, o dono da empresa, o colega do lado, o marido, a mulher, o governo, etc.

Essa historinha, pela objetividade da aplicação, é bastante útil em momentos como esses. Chame as pessoas para um comprometimento pessoal. Diga-lhes que ***vale a pena fazer o seu melhor.***

☑ *Aprendizado*

◆ EU ESTOU FAZENDO A MINHA PARTE!

Esta frase é o grande aprendizado dessa história. Se cada um fizer a sua parte, como deve ser feita, certamente o resultado geral será excelente. Se todos os bichos se juntassem e unissem o fazer pessoal de cada um, eles não teriam que esperar por alguém para apagar o fogo. Rapidamente ele seria apagado e nenhum deles precisaria fugir em busca de outro lugar.

Faça a sua parte. Envolva-se naquilo que você está fazendo. Não espere pelo outro. Não dê desculpas. Comece já!

10 Estrelas-do-mar

UM homem estava caminhando ao pôr-do-sol em uma praia deserta. À medida que caminhava, começou a avistar um outro homem, que vinha em sua direção, mas, ainda, um pouco distante.

Percebeu que ele se inclinava, apanhava algo e atirava ao mar. Fazia isso repetidamente. Intrigado, ele se aproximou ainda mais e percebeu que o que o homem lançava ao mar eram estrelas-do-mar, que haviam sido levadas para a praia. Uma a uma, ele arremessava as estrelas de volta ao mar.

Aproximou-se do homem, cumprimentou-o e questionou porque ele estava fazendo aquilo. O homem respondeu: "*– Estou devolvendo estas estrelas-do-mar ao oceano. Com a maré baixa, elas ficarão impossibilitadas de sobreviver sem oxigênio.*" O outro retrucou: "*– Mas, deve haver muitas estrelas-do-mar nesta praia. Provavelmente, você não será capaz de apanhar todas elas. Será que o senhor não vê que não fará diferença alguma?!*"

O homem sorriu, curvou-se à areia, mais uma vez, apanhou outra estrela-do-mar e jogou de volta às águas. Em seguida, disse: "*– Está vendo?! Fiz diferença para aquela.*"

☑ *Objetivo*

Da mesma forma que a história "*O incêndio na floresta*", esta tem o mesmo objetivo: reforçar compromissos pessoais, acreditar naquilo que está fazendo, engajamento, firmeza de propósito.

☑ *Sugestão de Aplicação*

É uma história fácil de se assimilar, gostosa de contar. Dá até pra se fazer sentir a brisa do mar, no fim da tarde. Muito oportuna para grupos de pessoas que acham que não vale a pena tentar, que o problema é grande demais. Também oportuna para grupos em que as pessoas vivem procurando culpados e, há muito, desistiram de fazer a diferença no ambiente onde estão.

Pode ser contada ou representada *(teatralizada).*

☑ ***Aprendizado***

◆ EU POSSO FAZER A DIFERENÇA NO MEU AMBIENTE!

Há pessoas que já desistiram e vivem a vida verbalizando: *"não dá certo... é muito difícil... o problema é grande demais..."*

Fazer a sua parte, na certeza de que está mudando alguma coisa é extraordinário. Permanecer na inércia, não fazer nada, a pessoa estará contribuindo para agravar a situação.

Faça a diferença! Certamente, você perceberá que é muito gostoso – melhorará sua auto-estima, será exemplo e, conseqüentemente, fará de você uma pessoa melhor.

11 Alface ou mangueira?

NUMA pequena cidade do interior, morava uma senhora, viúva, mãe de um único filho. O rapaz tinha, aproximadamente, de dezessete anos de idade e trabalhava, junto com a mãe, numa pequena lavoura, que lhes proporcionava o sustento.

Chegou o dia da sua conclusão *(atingida de forma sacrificada)* do segundo grau. Aproximou-se da mãe e lhe falou da necessidade de ir embora daquele lugar, pois deveria continuar os seus estudos. A mãe recebeu a notícia como uma bomba: ***como ficar sem aquele filho? Quem iria ajudá-la na lavoura?*** Se ele fosse embora, além de ter que contratar outra pessoa, ainda teria que custear as despesas do filho na cidade grande. Tudo isso foi terrível para aquela senhora.

Em meio ao seu desespero, lembrou de um professor que morava, também, ali, e que havia sido o mestre de toda uma geração daquela cidade. Correu a procurá-lo, na esperança de conseguir uma maneira que evitasse o seu filho de ir embora.

Chegando até à casa do professor, este ouviu, pacientemente, o seu conflito. Ao terminar de ouvi-la, levantou-se e convidou-a a acompanhá-lo. Conduziu-a até os fundos de sua casa e ela viu, maravilhada, um grande sítio, ao longo de todo o terreno e, num canto, uma pequena horta.

O professor dirigiu-se até o canteiro de alface e arrancou um pé, dizendo-lhe: *"– Está vendo este pé de alface? Tanto ele quanto estas mangueiras nascem de uma semente, um dia plantada por alguém. A alface cresce e nos fornece apenas uma refeição, e só. A mangueira, também cresce, vai ficando frondosa, floresce e vêm as mangas, os frutos... e, ano após ano, cada vez mais, vai produzindo. Diante disso, gostaria de lhe fazer a seguinte pergunta:* ***a senhora gostaria que o seu filho fosse alface ou mangueira?*** *Retendo-o aqui, certamente ele irá se acomodar e ficar limitado, não passar do que ele já é hoje. Permitindo que ele se vá, a senhora terá, no futuro, frutos, e agradecerá sempre a Deus pelo filho que Ele lhe deu."*

☑ *Objetivo*

Enfatizar o combate às situações de conformismo. Aposta no futuro, na garra e determinação de fazer acontecer.

☑ *Sugestão de Aplicação*

Excelente para grupos de jovens e grupos de pais. Reflexão acerca desse momento em que vivemos: o descartável, o imediatismo, a pressa em querer as coisas.

O não investimento dos pais no futuro dos filhos, no seu acompanhamento diário e, no momento certo, apoiá-los quando querem *"voar"*.

☑ *Aprendizado*

◆ BUSQUE MELHORAR A CADA DIA!

A simbologia da alface são as nossas realizações e conquistas imediatas, a pressa do ter e do ser. A simbologia da *mangueira* é a perseverança, o investimento, o plantar e regar as sementes e acreditar que o melhor ainda está por vir.

12 Almoços grátis

ERA uma vez um rei, que vivia bastante inquieto e constantemente se questionando onde residia o verdadeiro sentido da vida. Convocou os sábios e súditos do seu reino e deu-lhes a seguinte missão: *"– Pesquisem, estudem, leiam, escrevam, sintetizem, utilizem o tempo que for necessário, e tragam pra mim qual o verdadeiro sentido da vida de um ser humano."*

Sentindo o peso da responsabilidade que o rei lhes havia incumbido, isolaram-se, durante vários anos e, finalmente, retornaram, levando-lhe vários livros. O rei sequer pegou nos livros e disse: *"– Certamente, o sentido da vida não pode ser assim, tão complexo. Voltem e tragam algo mais simples, mais objetivo."* Desolados, eles saíram da presença do rei e, poucos meses depois, retornaram. Desta feita, trazendo apenas um livro. Mais uma vez, o rei disse que queria algo mais objetivo, direto.

Decepcionados, mais uma vez foram tentar cumprir a missão que o rei lhes havia designado. Uma semana depois, retornaram, todos felizes e entusiasmados, trazendo apenas um pedaço de papel, que estava escrito o seguinte:

"NÃO EXISTEM ALMOÇOS GRÁTIS!"

O rei disse: "– *Finalmente, vocês acertaram! Parabéns.*"

☑ *Objetivo*

Incentivar a valorização das coisas, das conquistas diárias. Perseverança. Investimento.

☑ *Sugestão de Aplicação*

Essa é uma estória coringa – bastante utilizada por nós, nos inícios dos nossos treinamentos. Após contá-la, perguntamos ao grupo o significado da frase "*não existem almoços grátis*".

Depois que muitos falam, fazemos o link com os aprendizados que ocorrerão naquela semana ou naquele período do treinamento. O resultado será fruto do quanto o grupo quiser investir.

Se for uma permanência maravilhosa ou perda de tempo, a responsabilidade será dividida: facilitador e grupo.

Invariavelmente, o resultado é excelente. O grupo sempre se compromete em participar e aprender.

☑ *Aprendizado*

◆ TUDO NA NOSSA VIDA REQUER INVESTIMENTO

Tudo o que você é e tudo o que tem é fruto do quanto você investiu para isso.

Nada na nossa vida é de graça: tudo tem um preço, um investimento, uma parcela de dedicação e sacrifício. O sentido da vida de um homem, portanto, reside nele buscar e conquistar as suas realizações, os seus objetivos e, com isso, ser motivado, produtivo e feliz.

13 Os quatro animais

Os bichos da floresta estavam em polvorosa, pois estavam aparecendo, por aquelas bandas, terríveis caçadores, que matavam quem encontrasse pelo caminho.

Certo dia estavam reunidos, à margem do lago, um pássaro, um peixe, um coelho e um pato, conversando sobre o que cada um poderia fazer, caso algum caçador aparecesse.

Dizia o pássaro: "*– Ah, se aparecer algum caçador, eu saio voando como um foguete. Com toda a minha força e habilidade, não tem como ele me acertar, pois, ninguém consegue voar mais rápido do que eu.*"

O peixe olhou para o pássaro e comentou: "*– Quanto a mim, se esse tal caçador aparecer, eu mergulho no lago e nado como nunca. Com a minha destreza e velocidade, ninguém nada melhor do que eu.*"

O coelho, por sua vez, ponderou: "*– No meu caso, não tenho nem o que pensar. Corro o mais veloz que puder. Com toda a minha elasticidade e leveza, vocês acham que alguém me alcançaria?*"

O pato, demonstrando um certo ar de superioridade, deu um passo à frente e declarou: "*– Coitados de vocês, companheiros! Tão limitados! Se aparecer algum caçador, eu não terei problema algum, pois eu sei fazer tudo isso que vocês dizem que fazem: eu nado, corro e vôo. No momento certo, utilizo qualquer uma dessas habilidades.*"

De repente, surge um caçador e, mais que depressa, o pássaro voou, o coelho saiu em disparada e o peixe entrou no lado e nadou bem fundo. O pato, porém, foi apanhado. Literalmente, *"pagou o pato"*. Mesmo tendo todas as habilidades dos demais, não tinha desenvolvido nenhuma com excelência.

☑ *Objetivo*

Essa fábula é excelente para ser contada logo no início de algum treinamento, onde o propósito seja reciclagem, busca de aperfeiçoamento, melhoria de habilidades. É uma das nossas preferidas, além de ser bastante *"coringa"*, ou seja, aplicável em situações bem diversas.

☑ *Sugestão de Aplicação*

Leve o grupo a refletir sobre suas principais habilidades. Como anda sua empregabilidade? Que competências foram adquiridas durante os últimos doze meses? Quando você se ausenta da empresa, em que sua falta é sentida?

Obviamente alguém sempre indagará sobre a necessidade de hoje – ser multifuncional, polivalente. A questão não é fazer bem apenas uma coisa *(a era dos especialistas já passou)*. É necessário que se busque e desenvolva várias habilidades.

☑ *Aprendizado*

◆ EM QUÊ VOCÊ É EXCELENTE?

Experimente fazer essa pergunta pra você. E, avaliando a sua resposta, busque o aperfeiçoamento.

O pato é medíocre nadador, voa com dificuldade e corre pior ainda. Fazer tudo e não ser excelente em nada, é suicídio profissional.

Como sugestão, ainda, aplique a dinâmica-vivência ***"Competências & Carências"***, do livro *"Jogos, Dinâmicas & Vivências Grupais", página 190 – Qualitymark Editora – Albigenor & Rose Militão.*

14 O maior talento

Deus, no momento em que terminou a criação, viu que precisava ter um cuidado especial com o que de melhor havia criado: o homem. Pensou, refletiu e resolveu dar ao homem *um talento muito especial*, mas que somente os que fossem suficientemente esforçados para encontrá-lo, teriam o privilégio dos benefícios desse talento. Mas, onde esconder tal preciosidade?

Primeiro, Ele pensou: *"– Vou esconder o talento do homem nas profundezas da terra."*

Depois, refletiu melhor e achou que nas profundezas do oceano ele estaria mais bem escondido. Continuou achando, que o oceano não era um bom lugar e repensou: *"– Creio que, no espaço, em meio aos planetas e estrelas, estará bem guardado e será bem mais difícil de ser encontrado por qualquer um."*

Mesmo assim, voltou a refletir e concluiu, finalmente: "– O *homem é muito curioso. Fatalmente acabará criando aparelhos para explorar os mares, para cavar o planeta e investigar os céus. Acabará encontrando... Vou esconder o maior talento do homem num lugar muito especial: no interior dele próprio. Será, com certeza, o último lugar em que ele buscará."*

E assim Ele fez.

O melhor de mim, portanto, está dentro de mim. Cabe a mim, esforçar-me em ser cada vez melhor – criativo, competente e talentoso.

☑ *Objetivo*

Levar as pessoas a refletirem quais são os seus talentos e o que cada um tem feito para aprimorá-los.

☑ *Sugestão de Aplicação*

Talento significa um peso em ouro. Era sinônimo de valores, na antiguidade. Identificar, com os participantes, o que faz uma pessoa ser talentosa.

A estória pode ser contada em forma de teatrinho ou simplesmente relatada e, em seguida, iniciar os momentos de reflexão e aprendizados.

☑ *Aprendizado*

◆ VALORIZE OS TALENTOS QUE DEUS LHE DEU

O melhor de mim cabe a eu buscar. O esforço é pessoal. É preciso farejar as oportunidades e aproveitá-las, com talento. Quem tem talento e competência, se estabelece... e cresce.

15 O caminho do bezerro

CONTA-SE que um bezerro se perdeu da sua manada e embrenhou-se numa floresta. Andou durante vários dias, sem conseguir encontrar uma forma de retornar ao seu grupo.

Começou a se acostumar à vidinha tranqüila da floresta, mas continuava com muita vontade de voltar pra casa. Iniciou uma trilha, em círculos, muitos círculos, subindo e descendo montanhas, derrubando pequenas árvores e abrindo veredas, até que, depois de muito rodar, percebeu-se à margem da floresta e, feliz, avistou o seu rebanho.

Outros animais acharam o caminho do bezerro e passaram a utilizá-lo. Manadas inteiras e outros bandos de animais acharam prático o caminho que o bezerro abriu e, também, começaram a usufruir dele. Viajantes, com as suas carroças, descobriram que não precisariam mais derrubar árvores para atravessar a floresta: bastaria seguir o caminho do bezerro.

Os tempos mudaram, vieram os primeiros automóveis... o caminho do bezerro se transformou numa estreita estrada margeada pela floresta. Os desbravadores e exploradores resolveram se firmar no trecho da floresta onde era cortada pelo antigo caminho do bezerro, que, agora, já era uma rodovia asfaltada, palco de um comércio bem diversificado.

Ao longo dessa rodovia, nos trechos mais íngremes, que outrora fora o caminho do bezerro, pessoas resolveram fazer pontes, viadutos, pistas duplas... que continuavam bastante sinuosas, tal qual o antigo caminho do bezerro.

Os anos, as gerações se passaram... O caminho do bezerro fez chegar o progresso naquela região, que ainda abrigava parte da antiga floresta.

E, hoje, tantas gerações depois, os velhos deuses da floresta ainda riem da ignorância e acomodação dos homens!

☑ *Objetivo*

Mostrar o perigo da rotina e da eterna repetição das coisas, sem questionamento, sem a busca de inovação e melhoria.

☑ *Sugestão de Aplicação*

A estória pode ser narrada, à medida que diversos *"bezerros"* vão fazendo as diversas situações, semelhantes ou em forma de metáfora.

Ao final de duas ou mais formas do *"caminho do bezerro"*, proceder à discussão do que são, no dia-a-dia de trabalho esses caminhos.

☑ *Aprendizado*

◆ INOVE OS CAMINHOS DA SUA VIDA

As pessoas costumam achar mais prático fazer o que já existe, manter os modelos padronizados, não questionar os procedimentos.

Hoje, *tudo muda o tempo todo, no mundo...* É preciso identificar novas formas de abordagem ao cliente, descobrir o que o concorrente está fazendo diferente, para copiarmos aprimorando.

Ser competitivo é fazer um caminho diferente e criativo. Afinal, o igual todo mundo já faz!

16 O elefante e os cegos

CHEGOU um grande circo a uma cidade. Quatro cegos, passeando juntos, aproximaram-se do local onde o domador estava cuidando de um dos elefantes do circo. Pararam e perguntaram ao domador se podiam tocar no animal, ao que ele concordou.

Um deles, mais alto, de braços erguidos, bateu na orelha do elefante; outro encontrou a barriga; outro apalpou a perna e o quarto segurou a tromba. Logo depois voltaram ao seu passeio satisfeitos, porque agora sabiam o que era um elefante. E foram conversando, até que pararam numa pracinha, assentaram-se e começaram a discutir sobre o elefante:

"– Elefante é apenas uma espécie de ventarola grande, felpuda no meio, e rugosa" – disse o cego alto.

"– Nada disso – retrucou o que examinou a tromba – *eu examinei cuidadosamente o bicho. Trata-se de um tubo maleável, pesado, forte e que se movimenta o tempo todo."*

"– Tudo errado! – falou o que tocara a perna. *Eu constatei que é uma pilastra firme e grossa."*

"– Eu acho que vocês estão loucos – corrigiu o que apalpara a barriga – *não perceberam que o elefante é como um enorme casco de um navio, áspero e vivo!?"*

E as discussões foram até altas horas, sem, é claro, chegarem a nenhuma conclusão. Afinal, cada um teve uma percepção isolada.

☑ Objetivo

Discutir, sob diversos pontos de vista, as necessidades de melhorias. Subsidiar questionamentos, visando desenvolver processos de planejamento.

☑ Sugestão de Aplicação

Fazer uma analogia com as diversas áreas de trabalho da empresa: qual a visão de cada pessoa em relação ao todo da empresa.

☑ Aprendizado

- ◆ AS PERCEPÇÕES SÃO DIFERENTES, MAS A VERDADE É A MESMA.

Quanto menos parcial for a nossa percepção da realidade, mais chances temos de nos aproximar do todo e melhor entendermos o que está acontecendo à nossa volta.

E, ainda, se não formos flexíveis, e buscarmos entender as razões do outro, não poderemos rever as nossas percepções e chegar a novos aprendizados.

17 O padre teimoso

EXISTIA um padre, que morava numa cidadezinha, onde todos o conheciam pela sua teimosia e obstinação.

Numa certa ocasião, começou a chover e era tanta água que logo tudo foi ficando alagado. Durante horas e dias, a chuva castigava tudo e a todos. A enchente derrubou casas, pontes, escolas. A polícia interveio e começou a fazer a retirada das pessoas para a cidade vizinha e para abrigos improvisados, pois a situação já era de calamidade pública.

Todos foram saindo, até que ficou só o padre. Ele não admitia abandonar a igreja. Veio o Corpo de Bombeiros tentar tirá-lo e ele se recusou a sair. Vieram outras pessoas de barco tentar pegá-lo e ele não foi. Enquanto isso, a igreja estava sendo coberta pelas águas. Cada vez mais ele subia para um pavimento superior. A polícia apareceu de helicóptero, para resgatá-lo, pois ele já estava na torre da igreja e a água já estava quase chegando lá. Mesmo assim, ao jogarem uma corda-escada, ele não quis subir até o helicóptero. Todas as vezes que alguém tentou salvá-lo, ele, categoricamente, afirmava, confiante: *"– O meu Deus não me abandonará. Ele não me deixará morrer."*

Enfim, todos os esforços foram empreendidos para salvar o padre, e ele rejeitou a todos. Ficou sozinho na torre da igreja, até que a água cobriu tudo e ele, naturalmente, foi arrastado pela correnteza e morreu.

Pela sua história de vida terrena, teve o direito de ir para o céu. Ao chegar lá, foi logo marcando um encontro com Deus. Chateado, ele falou: *"Mas, Deus, estou tão decepcionado! Porque o Senhor não me salvou? Eu que acreditava que o Senhor não me deixaria morrer... Por que fui abandonado?"*

Deus ouviu e respondeu: *"– Filho, eu enviei barco, helicóptero, polícia, corda... fiz de tudo para salvá-lo, mas você não quis."*

☑ *Objetivo*

Sempre usamos essa história quando percebemos, no grupo, situações de teimosia, obstinação, perda do foco. É importante para repensar, em meio ao ápice da turbulência, como mudar o rumo.

☑ *Sugestão de Aplicação*

Questione com o grupo, após ter contado a história, qual a diferença entre teimosia e perseverança. No flip-chart, estabeleça um paralelo entre as duas palavras, ouvindo do grupo o que significa cada uma.

Em seguida, reflita a situação do grupo, percebida por você, facilitador, em que julgou necessário contar a história.

Faça uma análise com o grupo e feche esse momento fazendo alguns exercícios de percepção – vide ***"S.O.S. Dinâmica de Grupo"***, *páginas 91 a 93 – Qualitymark Editora – Albigenor & Rose Militão.*

☑ *Aprendizado*

◆ EXPERIMENTE AMPLIAR SUA VISÃO!

É necessário ampliar nossa visão – compartilhar, ouvir outras pessoas, perceber de outro ângulo. Informar-se sobre o que você está fazendo, como e porque faz.

Nem sempre estamos olhando na direção certa. Jamais confundir perseverança com obstinada teimosia.

18 O feixe de lenha

CONTA-SE que um próspero fazendeiro, dono de muitas propriedades, estava gravemente enfermo. Algo que lhe preocupava muito era o clima de desarmonia que reinava entre seus quatro filhos. Pensando em dar-lhes uma lição, ele chamou os quatro para fazer-lhes uma revelação importante.

Ao chegarem à casa do pai, viram-lhe assentado numa cadeira de balanço. O pai chamou-os para mais perto e comunicou-lhes a seguinte decisão: "– *Como vocês sabem, eu estou velho, cansado e creio que não me resta muito tempo de vida. Por isso, chamei-os aqui para avisá-los que vou deixar todos os meus bens para apenas um de vocês.*"

Os filhos, surpresos, entreolharam-se e ouviram o restante que o pai tinha ainda para lhes dizer: "– *Vocês estão vendo aquele feixe de gravetos ali, encostados naquela porta? Aquele que conseguir partir o feixe ao meio, apenas com as mãos, este será o meu herdeiro.*"

Cada um deles teve a sua chance de tentar quebrar o feixe, mas nenhum, por mais esforço que fizesse, foi bem sucedido na sua tentativa. Indignados com o pai, que lhes propusera uma tarefa impossível, começaram a reclamar. Foi quando o fazendeiro pediu o feixe e disse que ele mesmo iria quebrá-lo. Incrédulos, os filhos deram o feixe de gravetos para o pai, que foi retirando, um a um, os gravetos, quebrando-os, separadamente, até não mais restar um único graveto inteiro. E depois concluiu: "– *Eu não tenho o menor interesse em deixar os meus bens para só um de vocês. Eu quero, na verdade, que vocês, juntos, sejam os sucessores do meu trabalho, com garra, dedicação e, acima de tudo, repletos de amor.*"

Disse, ainda: "– *Enquanto vocês estiverem unidos, nada poderá por em risco tudo que construí para vocês. Nada, nem ninguém os quebrará. Mas, separadamente, vocês são tão frágeis quanto cada um desses gravetos.*"

☑ *Objetivo*

Ressaltar a importância da sinergia – o resultado do trabalho de todos é significativamente melhor do que quando cada trabalha isoladamente. Valorização do trabalho em equipe.

☑ *Sugestão de Aplicação*

Pode-se contar a história ao final de algum treinamento ou palestra sobre *"times"* ou *"equipes"*. Instigar o grupo para que responda como foi possível quebrar o feixe de gravetos.

Também fica bem interessante sendo representada.

☑ *Aprendizado*

◆ FAZER JUNTOS, EM EQUIPE, É BEM MELHOR!

Ninguém é bom ou excelente apenas sozinho: há sempre um referencial, um suporte, uma estrutura, que incentiva e impulsiona para a realização. Assim é o trabalho em equipe: pessoas diferentes, com características diferentes. Porém, juntas, são mais fortes.

Numa equipe, ninguém deve querer ser o melhor. O resultado eficaz do trabalho coletivo é que gera a satisfação, o prazer e a sensação de ter feito o melhor – juntos.

19 Os dons de Deus

Um dia, um homem entrou numa loja e, estupefato, viu um anjo atrás do balcão.

Maravilhado com aquela visão, perguntou: *"– Anjo, o que vendes?"* O anjo respondeu: *"– Todos os dons de Deus."* O homem voltou a perguntar: *"– E custam caro?"* E a resposta do anjo foi: *"– Não. É de graça... é só escolher."*

O homem, todo feliz, olhou toda a loja e viu jarras de vidro de fé, pacotes de sabedoria, caixas de felicidade... Não estava acreditando que poderia adquirir tudo aquilo.

"– Por favor, embrulhe, para mim, muito amor de Deus, bastante felicidade, abundante perdão d'Ele, amor ao próximo, paciência, tolerância..."

O anjo anotou o pedido e foi separar os produtos. Ao retornar, entregou-lhe vários pacotinhos, que cabiam na palma da mão do homem. Espantado, ele indagou: *"– Como pode você me dar apenas esses pacotinhos?! Eu quero levar uma grande quantidade dos dons de Deus."* O anjo respondeu: *"– Querido amigo, na loja de Deus nós não vendemos frutos. Apenas sementes."*

☑ *Objetivo*

Incentivar as pessoas a ensinar, plantar sementes do aprendizado, bem como estarem abertas à fertilidade dos ensinos recebidos.

☑ *Sugestão de Aplicação*

Ótima estória para qualquer final de treinamento. Afinal, o que o facilitador, palestrante fez? Apenas deixou sementes. O germinar do conhecimento é responsabilidade de cada um.

☑ *Aprendizado*

◆ DEUS PLANTA SEMENTES EM NOSSO CORAÇÃO!

Na verdade, todos nós temos espaço para aprender coisas novas. Às vezes, queremos tudo pronto, o *"fruto"* já no momento de consumir.

A riqueza dessa estória reside na reflexão de que nós podemos ser solos férteis e deixar brotar as sementes dos aprendizados recebidos.

20 Carinhos quentes

ERA uma vez um casal que se chamava Antonio e Maria. Tinham dois filhos e moravam felizes, numa cidadezinha do interior. Naquele lugar, todos, ao nascer, recebiam um saquinho de carinhos. Cada vez que uma pessoa colocava a mão no saquinho, retirava de lá um carinho quente. Esses carinhos quentes faziam as pessoas sentirem-se aconchegantes e cheias de amor umas pelas outras.

Todos ali sabiam que quando uma pessoa não recebia carinhos quentes, ela corria um sério risco de pegar uma doença, que as fazia murchar e morrer.

Era muito fácil receber carinhos quentes! Bastava pedir a alguém. A pessoa que dava o carinho quente, colocava a mão na sacolinha, retirava de lá o carinho, que se expandia com uma luz, que podia ser colocada no ombro, na cabeça ou no colo de quem estava recebendo o carinho quente.

Escondida numa caverna, uma bruxa má estava muito chateada porque naquela cidade ninguém ficava doente, para comprar os seus ungüentos. Além do mais, os carinhos quentes eram distribuídos a todos, de graça e, por isso, o acesso era livre. Assim, eram todos felizes.

Então, a bruxa inventou um plano muito malvado, que faria as pessoas comprarem os seus remédios. Vestiu seu disfarce e, numa manhã, foi até à casa de Antonio, fingindo ser sua amiga. "*– Olha, Antonio, veja os carinhos que Maria está dando aos filhos. Se ela continuar assim, vai consumir todos os carinhos com as crianças e, com o tempo, não sobrará nenhum carinho para você.*"

Perplexo, Antonio perguntou: "*– Quer dizer, então, que não é sempre que existe um carinho quente na sacola?*"

"*– Claro que não.*" Respondeu a bruxa. "*O mais grave é a notícia que vou lhe dar em primeira mão, porque sou sua amiga: todos os carinhos quentes estão acabando. Cada pessoa tem que economizar o seu carinho e só usar quando for numa ocasião muito importante.*"

Preocupado, Antonio começou a reparar cada vez que Maria dava um carinho a alguém ou aos filhos. Começou a se queixar para ela, alegando que ela dava mais carinho para os filhos e amigos do que para ele. Aos poucos, Antonio reservou seus carinhos quentes apenas para Maria e em doses homeopáticas. As crianças, percebendo a ausência de carinhos, começaram, também, a economizar os seus. Dia após dia, todos foram ficando mesquinhos.

Rapidamente, a história de que os carinhos quentes iriam acabar, tomou conta da cidade. Todos passaram a guardar seus carinhos. Assim, aos poucos, as pessoas foram ficando doentes e, cada vez mais gente ia comprar os remédios da bruxa.

Assustada com o crescimento da clientela, a bruxa começou a vender carinhos falsos, que imitavam perfeitamente os carinhos quentes, mas não surtiam os mesmo efeito. Enganadas, as pessoas não morreriam, mas continuariam a comprar seus ungüentos e poções. A situação ficou grave, porque, a cada dia, havia menos carinhos quentes, e esses ficaram valiosíssimos. As pessoas, então, tentavam de tudo para consegui-los.

Antes da chegada da bruxa, as pessoas se juntavam nas calçadas, em grupos de três, cinco, até mais, para darem carinho umas às outras. Agora, a situação estava tão grave que, se alguém desse um carinho quente para outra pessoa, logo se sentiria culpada.

Assim, o comércio da venda de carinhos quentes falsos começou a crescer. As pessoas que não conseguiam encontrar parceiros generosos que lhes desse carinhos quentes, precisavam trabalhar para comprar carinhos falsificados.

Então, naquela cidade, se multiplicaram as possibilidades de venda de carinhos. Até espinhos frios foram revestidos com uma cobertura branquinha e estofada, para imitar os carinhos quentes.. Ah! Apareceram, também, os carinhos de plástico, que faziam as pessoas se sentirem bem, por alguns instantes, mas logo ficavam mal.

Num belo dia, chegou àquela cidade uma mulher especial. Ela desconhecia a história do fim dos carinhos quentes e distribuía carinho a todos, e de graça, mesmo a quem não tivesse pedido. As crianças gostavam muito daquela mulher e passaram a chamá-la de *pessoa especial*.

Aquela mulher dizia que, quanto mais carinhos as pessoas dessem às outras, melhor elas se sentiriam. Era como uma recarga de novas energias, em forma de carinhos quentes. Os adultos, preocupados, fizeram uma lei dizendo ser crime distribuir carinhos quentes sem uma licença.

Mesmo assim, as crianças daquele lugar, ainda hoje, teimam em trocar carinho com a *pessoa especial*.

☑ *Objetivo*

Essa história é quase obrigatória para ser contada a grupos em que as pessoas estejam vivenciando conflitos nos relacionamentos.

☑ *Sugestão de Aplicação*

Excelente para encerramento de workshops de Relações Interpessoais.

Após contar a história, distribuir bolinhas de algodão perfumado, dentro de sacolinhas. Falar que é a *sacolinha de carinhos quentes*. Cada vez que estiverem se sentindo carentes de um bom carinho, é só pedir a alguém, que tenha a sacolinha.

Ah!...o mais importante: não é verdade que os carinhos quentes acabam. Quanto mais a gente dá, mais eles se multiplicam, pois são inesgotáveis.

Convidar todos, ao som de uma gostosa música, a trocarem carinhos na sala, usando as bolinhas de algodão.

☑ *Aprendizado*

◆ EXPERIMENTE DAR CARINHOS... E MAIS CARINHOS!

Recarregue suas baterias de carícias, pois *amar se aprende amando*. Treine gostar do outro. Comece já colocando a mão na sua sacolinha de carinhos quentes e distribua a todos à sua volta.

21 Os três filtros

PAI e filho, na tentativa de purificar a água que utilizavam em casa, resolveram limpar o filtro que estava na cozinha. Enquanto limpava, o passou a explicar ao filho a importância de filtrar a água antes de bebê-la. Terminada a limpeza, fizeram o teste e o pai comentou:

"– Veja como a água está limpa! Todas as impurezas ficam nos filtros. O sujo que consegue passar por um, fica no outro ou no outro e o resultado final é maravilhoso!"

A mãe, ouvindo o comentário do esposo, aproveitou a oportunidade e disse: *"– Há, também, três filtros que podemos construir dentro de nós, e são aquilo que de mais precioso alguém pode ter, ao pensar que está ajudando ou prejudicando alguém. E não precisa ser de carvão. São os filtros da **VERDADE**, da **BONDADE** e da **UTILIDADE**. Assim como você, meu filho, viu o resultado do uso do filtro de carvão, um dia vou lhe mostrar o que acontece quando utilizamos esses outros filtros que carregamos dentro de nós.*

Passado algum tempo, o menino voltou da escola e veio comentar com a mãe um fato, num tom sensacionalista: *"– Mãe, sabe o que disseram da família do Nelsinho?!"*

*"– Bem, meu filho, chegou a hora de usar os três filtros internos de que lhe falei naquele dia. Comecemos com o filtro da **VERDADE:** você tem certeza de que o que vai me contar é verdade?"*

"– Bem... não sei, não... só estou repetindo o que disseram."

*"– Pois bem, vamos agora passar pelo filtro da **BONDADE (ou amor)**: se isso que estão falando fosse algo acerca da nossa família, você gostaria que fosse espalhado, contado?"*

"– Ah! Não! Se fosse com a nossa família, de jeito nenhum!"

*"– Finalmente, usemos o filtro da **UTILIDADE (ou necessidade)**: você acha útil e necessário passar essa notícia adiante?"*

"– Não, mamãe... agora compreendo os nossos três filtros internos e procurarei lembrá-los sempre."

☑ *Objetivo*

Chamar a atenção para o perigo da fofoca, do disse-me-disse sem fundamentação, provocando a existência de ambientes tensos, *carregados*.

☑ *Sugestão de Aplicação*

Excelente história para encontros sobre Relações Interpessoais, na empresa, na igreja, ou na sua comunidade.

Pode ser simplesmente contada ou representada. Ou, ainda, adaptada, trazendo uma situação real já vivida pelo grupo.

☑ *Aprendizado*

◆ ABAIXO A RÁDIO-CORREDOR!

São um perigo informações distorcidas circulando pelos ambientes, setores. Algo dito, sem a certeza de que é verdade, pode ser desastroso. Além de *NEM TUDO, MESMO VERDADE, PODE SER DITO, ESPALHADO, SEM O CONSENTIMENTO DO OUTRO.*

Nenhuma qualidade nos proporcionará mais amigos do que a disposição para admirar as qualidades dos outros, ao invés de divulgar suas fraquezas. Por que disseminar uma fofoca, quando podemos – utilizando o princípio dos três filtros – eliminá-la?

As histórias de 22 a 25 nós preparamos para você utilizar nas suas reuniões de Grupos de Casais.

22 O casal silencioso

Era uma vez um casal de namorados. Ele eram bastante populares e entre os seus amigos e eram identificados pelas suas duas características bem marcantes – ele, a pessoa mais persistente e ela, a mais teimosa.

Apaixonaram-se e resolveram se casar. Após a cerimônia de casamento, ofereceram uma grande festa na própria casa onde iriam morar. Fim de festa e lá pelas tantas os convidados foram saindo, um a um. O jovem casal estava exausto. Começaram a tirar os sapatos, gravata, paletó, vestido... quando o marido observou que estavam realmente sozinhos, tudo aceso e o último convidado havia deixado a porta principal aberta.

O marido falou para esposa: "*– Querida, por favor, vá fechar a porta, pois o último convidado deixou-a aberta e está entrando uma corrente de ar frio.*" A esposa, igualmente cansada, respondeu: "*– Porque eu deveria ir?! Estou tão cansada quanto você. Além do mais, a distância é a mesma... Vá você fechar a porta!*"

"*– Ah! Então é assim que serão as coisas? Bastou colocar o anel no dedo para você se transformar numa grande preguiçosa.*" Ela retruca e diz: "*– Mas, que atrevido você é! Não faz nem um dia que estamos casados e você já está me xingando e dando ordens! Já estou quase me arrependendo da besteira que fiz, casando-me com você.*"

Durante alguns intermináveis segundos, cada um ficou remoendo seus pensamentos, imaginando o pior do outro, até que a esposa teve uma idéia: "*– Nenhum de nós quer fechar a porta. Proponho, então, um desafio: aquele que falar primeiro, a partir de agora, irá fechá-la.*" Assim, o casal ficou: silencioso.

Ele pensava: "*Que mulher atrevida... Amanhã mesmo peço o divórcio! Como pude me enganar tanto!*" Ela pensava: "*Graças a Deus que descobri a tempo o tipo com quem me casei! Se eu me descui-*

dasse, ele já começaria mandando em mim. Por nada no mundo eu vou fechar essa porta!" Assim ficaram, de frente um para o outro, sem pronunciarem uma palavra, sequer.

Nesse tempo, dois ladrões aproveitaram a porta aberta, entraram, pegaram tudo o que puderam e nenhum dos dois fizeram qualquer movimento para impedir. Até as jóias que estavam neles foram tiradas e nenhuma palavra ou reação foi esboçada. Ela pensava: *"Não é possível que ele não vai fazer nada para impedir. Não posso acreditar que ele vai ficar parado!"* Ele pensava: *"Porque ela não grita, não pede socorro? Será possível que vai ficar alheia, como se nada estivesse acontecendo?!"*

Um dos vizinhos, percebendo os movimentos estranhos, chamou a polícia e avisou do assalto. Quando chegou a viatura, os ladrões já haviam saído. Os policiais entraram e um deles tentou interrogar o casal. Não obtendo resposta, começou a ficar irritado e gritou para o marido, dando-lhe uns solavancos.

Ao ver a cena do marido na mão do policial, a mulher não se conteve e gritou: *"– Não se atreva! Ele é o meu marido e nós é que fomos roubados."*

"– Ganhei!" – gritou o marido. *"Agora, vá você fechar a porta!"*

☑ *Objetivo*

O objetivo dessa história é chamar atenção para aquelas coisas bobas que desgastam a relação a dois e que, às vezes, nem nos damos conta. É a valorização de tolices que não valem a pena, no cotidiano familiar.

☑ *Sugestão de Aplicação*

Como anda a comunicação no seu casamento? De quantas coisas tolas a relação a dois de vocês está alimentada – como essa história onde bastaria um dos dois fechar a porta.

Se preferir, divida em pequenos grupos para um compartilhar da relação. De qualquer forma, o facilitador ou palestrante poderá iniciar o seu evento com essa história ou deixá-la para o encerramento. Nos dois casos, ela será muito bem-vinda.

☑ ***Aprendizado***

◆ CONVERSAR, CONVERSAR, CONVERSAR...

Fala-se muito em excelência profissional. Acreditamos que não é possível ser um excelente funcionário, gestor, se não houver a busca pela excelência pessoal.

Valorizar a família, o casamento, aplicar conceitos de trabalho em equipe, motivação, qualidade, no dia-a-dia em casa. Buscar a excelência pessoal na vida a dois é o primeiro passo para a excelência profissional.

23 O gole d'água

EXISTIA um homem que vivia insatisfeito, estressado e bastante infeliz, pelo relacionamento sofrível que tinha com a esposa. Todos os dias, ambos chegavam cansados dos seus respectivos trabalhos e o que acontecia entre os dois era um total desentendimento, desarmonia e, conseqüentemente, era impossível haver diálogo.

No momento em que ele chegava em casa, normalmente já encontrava a esposa que, indignada e não menos estressada com os afazeres do dia e mais o acúmulo do *"terceiro expediente"*, começava a falar e reclamar, sem parar. O marido, por sua vez, não agüentava a pressão e, impaciente, respondia em cima de cada palavra – quer gostasse, quer não gostasse. Na verdade, os dois não conseguiam se entender e ele, esbravejando, saía batendo a porta e só retornava bem tarde da noite. E, assim, aconteceu durante muito tempo.

Um amigo, com o qual normalmente desabafava, aconselhou-o a procurar um homem que era tido como uma pessoa muito boa e capaz, especialista em aconselhamento de casais. Certamente, ele teria alguma solução para o seu problema com a esposa. Meio cético, o machucado marido foi procurar o tal homem.

Chegando lá, deparou-se com um local muito bonito, uma casa simples, fincada em meio a muito verde, pássaros soltos nas árvores, cânticos das cigarras e uma brisa suave, com cheiro de terra batida e verde silvestre.

Foi ao encontro do homem e contou-lhe o seu problema com a esposa. Após ouvi-lo, o velho homem adentrou na casa e voltou com duas garrafas – uma maior e uma pequenina. As duas garrafas continham um líquido transparente. Entregou-as ao visitante e deu-lhe a seguinte orientação:

"– Mantenha com você, sempre, esta garrafinha pequena (por ser mais prática de carregar), cheia. No exato momento em que você for chegando em casa, tome um gole bem grande do líquido e fique com ele na boca, sem engolir, durante trinta minutos. Faça essa receita por dez dias consecutivos e, depois, volte aqui."

O homem achou estranho, mas resolveu seguir à risca a orientação do outro. Foi embora e, como estava mesmo na hora de voltar para casa, percebeu que já era o momento de fazer o primeiro teste. De fato, no exato momento de entrar em casa, levou a garrafinha à boca e deixou o gole durante o tempo em que o velho havia lhe ensinado fazer. Sua esposa fez o de sempre: começou a falar, reclamar, soltando *"cobras & lagartos"* e o marido, *no seu desespero de querer responder,* não dizia nada.

Ao final dos trinta minutos, ele engoliu e aí... tudo o que queria responder, já não fazia mais sentido. Conversou outras coisas com a esposa e até dormiram juntos *(melhor ainda: ficaram ACORDADOS, também)*. Durante todos os outros dias, repetiu a receita e lá pelo oitavo dia, a esposa recebeu-o com ar de preocupação: *"– Meu filho... o que é que você tem?! Eu fico o tempo todo falando sozinha, digo, digo e digo e você... nada, não reage, não fala. Por outro lado, eu tenho sentido que estamos conseguindo conversar. O que é que está acontecendo?"*

Bem feliz agora, com os resultados alcançados, retornou no décimo-primeiro dia à casa do velho. Lá chegando, indagou-lhe qual era o conteúdo milagroso que ele tinha lhe dado. O velho, então, respondeu: *"– Água... Com apenas um gole d'água na boca, você conseguiu fazer uma coisa que é o calo de muita gente:* ***saber ouvir****."*

☑ *Objetivo*

Esta história tem o princípio de *"Os sons da floresta":* exercitar o hábito de saber ouvir, principalmente nas relações familiares – especialmente, entre marido e mulher.

☑ *Sugestão de Aplicação*

É uma ótima história para ser contada em grupos de casais – palestras, workshops.

Destacar, ao final, o que precisa ser melhorado no processo de comunicação na família. Com certeza, muitos *"calos"* do relacionamento estão associados ao problema de falta de comunicação.

☑ *Aprendizado*

◆ RESPIRE, BEBA ÁGUA, ESPERE, OUÇA!

Na relação a dois, quando não existe comunicação ou quando a comunicação é sofrível – um dos lados determina as ações, o silêncio impera, formas de tratamento desrespeitosas, etc. – certamente, não poderá haver harmonia.

Pode-se até ter muito amor, mas o gesto de ouvir o outro, respeitar as opiniões e falar com brandura, é um amor muito maior.

24 Como eu amei essa mulher!

UMA senhora de, aproximadamente, sessenta anos, havia falecido e o padre estava terminando a cerimônia fúnebre, à beira do túmulo. Durante todo tempo, de casa até o cemitério, seu marido, um senhor de setenta e cinco anos, não parava de chorar e exclamava, num brado de dor: *"– Ah! Como eu amei essa mulher!"*

Aquela lamentação, feita de forma tão apaixonada, interrompeu o respeitoso recolhimento da cerimônia. Parentes e amigos já estavam visivelmente constrangidos. Os filhos se aproximaram, tentando acalmar o pai: *"– Tudo bem, pai. Nós entendemos o que o senhor sentia pela mamãe, mas não precisa mais ficar dizendo assim."*

O viúvo olhava fixamente para o caixão sendo lentamente baixado à cova. Ao final da oração, os familiares jogaram um pouco de terra, exceto o marido enlutado. Outro brado, agora mais forte: *"– Como eu amei essa mulher!!!"* Os filhos tentavam, em vão, contê-lo, mas o homem continuava a dizer: *"– Como eu amei essa mulher!"*

Um a um, os parentes e amigos começaram a se retirar, mas aquele se recusava sair de perto da sepultura. O padre se aproximou, a fim de consolá-lo: *"– Sei como se sente, mas está na hora do senhor ir para casa e continuar a viver."*

"– Como eu amei essa mulher!" Gemia desconsolado. O padre lhe disse: *"– Tenho certeza que ela sabe que o senhor a ama."* Ele respondeu: *"– Padre, o senhor não entende... **É que uma vez eu quase disse a ela!**"*

☑ *Objetivo*

Ideal para reuniões, encontros de casais, em que o facilitador *(ou palestrante)* pretenda dar ênfase à necessidade de construir uma vida familiar baseada em palavras de incentivo e carinho.

☑ *Sugestão de Aplicação*

Eis aqui uma boa história para abrir ou encerrar seu encontro com casais. Somos apaixonados por ela, pois cabe em qualquer ocasião – não só em grupos compostos por casais.

É excelente, se o facilitador quiser abordar ou dar ênfase à urgência de não deixar alguns aspectos do relacionamento para amanhã.

Sugerimos a letra da música ***"Pais e Filhos"*** *(Legião Urbana)*, para ser cantada pelo grupo. Reforce o que os autores da letra dizem: *"É preciso amar as pessoas como se não houvesse amanhã, porque, se você parar pra pensar, na verdade, não há."*

☑ *Aprendizado*

◆ DIGA QUE AMA, HOJE! DIGA, DE NOVO

"A maior fraqueza dos seres humanos é a hesitação em dizer o quanto amam, enquanto estão vivos."

Perdão, palavras de amor, elogios... nunca são demais. É necessário que não se economize, pois, definitivamente, amanhã poderá ser muito tarde.

25 Jóias de valor

Um casal, bastante religioso, tinha dois filhos. O marido era comerciante e necessitava, constantemente, viajar, ficando fora por vários dias. A esposa normalmente ficava em casa e, como se amavam muito, as ausências do marido jamais causara qualquer problema na relação.

Certa vez, o homem empreendeu uma viagem de negócios que demoraria mais do que o habitual. Durante a sua ausência, um grave acidente provocou a morte dos dois filhos. Mesmo com o coração dilacerado pela dor, a mulher suportou a perda com bravura.

Impossibilitada de contactar com o marido, uma preocupação lhe vinha à mente: *"Como lhe dar a notícia da morte dos meninos? Como dizer que os garotos foram enterrados e nunca mais ele os veria com vida?"* Pediu a Deus sabedoria para resolver a questão, pois temia, também, pela saúde do marido, uma vez que ele tinha problemas no coração.

Dias depois, o esposo retorna ao lar. Abraça longamente a esposa e vai logo perguntando pelos filhos. A esposa fala para ele não se preocupar e pede que ele tome banho. Pergunta sobre a viagem e fala sobre amenidades. O esposo volta a perguntar pelas crianças e ele responde: *"– Deixe os meninos para depois. Agora, quero que você me ajude a resolver um problema que considero muito grave."* O marido, já bastante preocupado, percebe a mulher abatida e inquieta. Assustado, senta e resolve encorajá-la a falar. Seja o que fosse, com a ajuda de Deus eles resolveriam.

"– Enquanto você estava ausente, um amigo nosso visitou-me e deixou duas jóias de valor incalculável, para que as guardasse. São jóias muito preciosas. Jamais vi algo tão belo! O problema é que ele virá buscá-las e eu não estou disposta a devolvê-las, pois já me afeiçoei a elas."

"– Ora, mulher! Não estou entendendo o seu comportamento! Você nunca foi chegada a vaidades. Por que isso agora?!" Ela respondeu: *"– É que nunca tinha visto jóias assim. São maravilhosas!"* O marido, então, retruca: *"– Podem até ser, mas não lhe pertencem. Terá de devolvê-las."* Ela volta a insistir: *"– Não consigo aceitar a idéia de perdê-las."*

O marido, calmamente, tranqüiliza a esposa e lhe diz:

"– Ninguém perde o que não possui. Vamos devolvê-las. Eu a ajudarei. Faremos isso juntos."

"– Pois bem, meu querido. O tesouro será devolvido. As duas jóias preciosas eram nossos filhos. Deus os confiou à nossa guarda e durante a sua ausência, Ele veio buscá-los. Eles se foram..."

Aquele homem compreendeu a mensagem, agradeceu a Deus por ter uma esposa tão sábia, abraçou-a e, juntos, derramaram muitas lágrimas.

☑ *Objetivo*

Ótima para ser compartilhada em eventos onde o tema seja *filhos* – na escola, empresa, igreja, etc. Essa história tem por objetivo levar o grupo à reflexão sobre a qualidade da relação com os filhos.

☑ *Sugestão de Aplicação*

Pelo elemento emocional dessa história, o facilitador ou palestrante pode optá-la em contar no início da apresentação, se o grupo estiver indiferente ao tema, ou no final, caso queira um arremate de maior apelo emocional.

Nos dois casos, é uma história bem-vinda. Nós a utilizamos com sucesso!

☑ *Aprendizado*

◆ FILHOS: PRESENTES DE DEUS ÀS NOSSAS VIDAS!

Nossos filhos são jóias de valor? Estamos dedicando tempo nessa relação? Se cada pai perdesse seus filhos hoje, o que lamentariam? Como anda a sua comunicação com seus filhos? Com quem eles andam, se relacionam? Quem são os seus amigos? O que pensam? Os filhos são tratados como jóias preciosas?

26 Pequenas coisas

Um fósforo, uma bala de menta, uma xícara de café e um jornal: estes quatro elementos fazem parte de uma das melhores histórias sobre *atendimento* que conhecemos.

Um homem estava dirigindo há horas e, cansado da estrada, resolveu procurar um hotel ou uma pousada para descansar. Em poucos minutos, avistou um letreiro luminoso com o nome: Hotel Venetia.

Quando chegou à recepção, o hall do hotel estava iluminado com luz suave. Atrás do balcão, uma moça de rosto alegre o saudou amavelmente: *"– Bem-vindo ao Venetia!"* Três minutos após essa saudação, o hóspede já se encontrava confortavelmente instalado no seu quarto e impressionado com os procedimentos: tudo muito rápido e prático.

No quarto, uma discreta opulência; uma cama, impecavelmente limpa, uma lareira, um fósforo apropriado em posição perfeitamente alinhada sobre a lareira, para ser riscado. Era demais! Aquele homem, que queria um quarto apenas para passar a noite, começou a pensar que estava com sorte.

Mudou de roupa para o jantar *(a moça da recepção fizera o pedido no momento do registro).* A refeição foi tão deliciosa, como tudo o que tinha experimentado, naquele local, até então. Assinou a conta e retornou para o quarto. Fazia frio e ele estava ansioso pelo fogo da lareira.

Qual não foi a sua surpresa! Alguém havia se antecipado a ele, pois havia um lindo fogo crepitante na lareira. A cama estava preparada, os travesseiros arrumados e uma bala de menta sobre cada um. Que noite agradável aquela!

Na manhã seguinte, o hóspede acordou com um estranho borbulhar, vindo do banheiro. Saiu da cama para investigar. Simplesmente uma cafeteira ligada por um *timer* automático, estava preparando o seu café e, junto, um cartão que dizia: *"Sua marca predileta de café. Bom apetite!"* Era mesmo! Como eles podiam saber desse detalhe? De repente, lembrou-se: no jantar perguntaram qual a sua marca preferida de café.

Em seguida, ele ouve um leve toque na porta. Ao abrir, havia um jornal. *"Mas, como pode?! É o meu jornal! Como eles adivinharam?"* Mais uma vez, lembrou-se de quando se registrou: a recepcionista havia perguntado qual jornal ele preferia.

O cliente deixou o hotel encantado. Feliz pela sorte de ter ficado num lugar tão acolhedor. Mas, o que esse hotel fizera mesmo de especial? Apenas ofereceram *um fósforo, uma bala de menta, uma xícara de café e um jornal.*

"O Mito do Empreendedor" – Michael Gerber, Editora Saraiva.

Adaptação livre nossa

☑ *Objetivo*

Ilustrar conceitos sobre *"atendimento"*, em treinamentos e workshops.

☑ *Sugestão de Aplicação*

Geralmente, nos nossos cursos sobre *"atendimento"*, contamos uma história quando queremos reforçar aspectos do encantamento ao cliente a custo baixo, utilizando pequenas coisas.

Após contar a história, divida o grupo em pequenos subgrupos e peça-lhes para discutir aspectos do atendimento em sua empresa, listando pontos fortes e fracos na relação com o cliente.

Se for o propósito, crie, com eles, um projeto para encantar o cliente, na perspectiva da história: baixíssimo custo.

☑ *Aprendizado*

◆ ENCANTE O SEU CLIENTE COM PEQUENOS GESTOS.

Nunca se falou tanto na relação *empresa-cliente* como nos dias de hoje. Milhões são gastos em planos mirabolantes de marketing e, no entanto, o cliente está cada vez mais insatisfeito, mais desconfiado.

Mudamos o layout das lojas, pintamos as prateleiras, trocamos as embalagens, mas esquecemo-nos das pessoas.

O valor das pequenas coisas conta, e muito. A valorização do relacionamento com o cliente. Fazer com que ele perceba que é um parceiro importar

27 Os sons da floresta

UM rei mandou o seu filho estudar no templo de um grande mestre, com o objetivo de prepará-lo para ser um grande administrador.

Quando o príncipe chegou ao templo, o mestre o mandou sozinho para uma floresta. Ele deveria voltar um ano depois, com a tarefa de descrever os sons da floresta.

Retornando ao templo, após um ano, o mestre lhe pediu para descrever os sons de tudo aquilo que conseguira ouvir.

Disse o príncipe: "– *Mestre, pude ouvir o canto dos cucos, o roçar das folhas, o alvoroço dos beija-flores, a brisa batendo na grama, o zumbido das abelhas, o barulho do vento cortando os céus.*" Ao terminar o seu relato, o mestre pediu que o príncipe retornasse, novamente, à floresta, para ouvir tudo o mais que fosse possível. Apesar de intrigado, o príncipe obedeceu a ordem do mestre, pensando: "*mas eu já não distingui todos os sons da floresta?*"

Por dias e noites ficou sozinho na floresta ouvindo, ouvindo, ouvindo... mas não conseguiu distinguir nada de novo, além dos sons já mencionados, anteriormente, ao mestre.

Então, certa manhã, começou a distinguir sons vagos, diferentes de tudo que ouvira antes. Quanto mais atenção prestava, mais claros os sons se tornavam. Uma sensação de encantamento tomou conta do rapaz.

Pensou: "*esses devem ser os sons que o mestre queria que eu ouvisse.*" E, sem pressa, ficou ali ouvindo e ouvindo, pacientemente. Quer ter a certeza de que estava no caminho certo.

Quando retornou ao templo, o mestre lhe perguntou o que mais conseguira ouvir. Paciente e respeitosamente, o príncipe disse:

"*– Mestre, quando prestei mais atenção, pude ouvir o inaudível som das flores se abrindo, o som do sol aquecendo a terra e da grama bebendo o orvalho da manhã.*"

O mestre, sorrindo, acenou a cabeça, em sinal de aprovação, e disse:

> ***"– Ouvir o inaudível é ter disciplina necessária para se tornar um grande administrador. Apenas quando se aprende a ouvir o coração das pessoas, seus sentimentos mudos, os medos não confessados e as queixas silenciosas, um administrador pode inspirar confiança à sua equipe, entender o que está errado e atender às reais necessidades de cada pessoa.***
>
> ***A morte de um país começa quando os líderes ouvem apenas as palavras pronunciadas pela boca, sem mergulhar a fundo na alma dos seus liderados, para ouvir os seus sentimentos, desejos e opiniões reais. É preciso, portanto, ouvir o lado inaudível das coisas, o lado não mensurado, mas que tem o seu valor, pois é o lado do ser humano.***
>
> ***É preciso lembrar que atrás das máquinas sempre têm dois olhos, e atrás dos dois olhos tem um***
>
> **SER HUMANO."**

☑ *Objetivo*

Destacar a importância de se exercitar a sensibilidade do saber ouvir.

☑ *Sugestão de Aplicação*

Contar essa estória ao final de treinamentos gerenciais, enfatizando, ao final, a habilidade do *"saber ouvir"*.

☑ *Aprendizado*

◆ EXPERIMENTE OUVIR O INAUDÍVEL...

Pelo pique do dia-a-dia, não costumamos dar importância a uma coisa tão pequena: ouvir os outros. Normalmente, não queremos perder tempo e, assim, deixamos de interagir, compreender e ajudar mais outras pessoas, com o simples gesto de saber ouvir.

Aproveite e releia o quadro acima, onde o mestre dá a resposta final ao jovem.

28 O mapa-múndi

UM executivo de uma grande empresa, com a necessidade de se isolar para terminar alguns relatórios de clientes, resolveu se *"esconder"* no lugar menos provável que as pessoas o procurariam: sua própria casa. Assim, voltou pra casa antes das 16 horas e se trancou no seu escritório.

Estando ele tranqüilo, em casa, celular desligado, sem sinal de fax, Internet desconectada, a secretária sem lhe interromper, quando percebeu a porta do escritório abrindo, devagarzinho. *"Oba!"* Ecoou o grito de felicidade da sua filhinha de seis anos, por ver o pai *(figura tão difícil!)* àquela hora em casa. Foi logo perguntando... perguntando... – *afinal, seis anos é aquela fase das intermináveis perguntas.*

O pai, ao mesmo tempo em que precisava continuar fazendo o seu trabalho, não poderia se furtar em aproveitar, também, aquele momento com a sua pequena. Mas, estrategicamente, pensou numa maneira de *"livrar-se"* dela por algum tempo. Pincelou o olhar pela estante e retirou um livro – *era um atlas geográfico* –, abriu-o bem na página central e deu de cara com um *"mapa-múndi"*.

Destacou-o, pegou uma tesoura, picotou-o em alguns pedaços, embaralhou-o, chamou-a e disse, satisfeito: *"– Filhinha, o papai tem um desafio para você... Você vai ganhar esta caixa de chocolates (mostrou uma caixa que havia na mesa), assim que voltar com esse quebra-cabeças (o dito mapa) todo montado, tá certo?"*

Ela aceitou a oferta do pai, saiu na carreira e ele respirou, aliviado, pois iria ficar um bom tempo sem ela *perguntando*.

Pouco mais de meia hora, irrompe a elétrica criaturinha na sala onde estava o pai, ainda às voltas com os seus relatórios: *"Paizinho! Paizinho! Terminei... agora eu quero minha caixa de chocolates, inteirinha!"* Ao que ele retrucou, surpreso *(contendo a sua decepção, pois ele imaginava que ela demoraria bem mais tempo): "– Muito bem, minha filha! E como foi que você conseguiu, tão rápido?"* Ela mostrou uma cartolina, onde estavam os recortes do mapa, colados no seu *"estilo"* e disse: *"– Foi difícil e fácil... Eu vi que do outro lado de cada pedacinho de papel tinha uns traços. Eu fui juntando os traços e vi que formava a figura de um homem. Aí eu pensei...* ***se eu consertar o homem, eu conserto o mundo.****"*

☑ *Objetivo*

Refletir sobre a necessidade de mudanças pessoais e que quando quisermos mudar quaisquer outras pessoas, comecemos pela primeira pessoa: EU.

☑ *Sugestão de Aplicação*

Contar essa historinha ao final de palestra ou evento sobre planejamento, autoconhecimento, relações interpessoais.

☑ *Aprendizado*

◆ COMECE AS MUDANÇAS PRIMEIRO EM VOCÊ.

Às vezes vivenciamos situações onde constatamos que *"fulano é quem deveria estar aqui"*, ou saímos dali querendo mudar tudo.

A grande lição dessa história é a tomada de consciência de que nada muda ao nosso redor se não for começado primeiro em nós.

29 Oportunidade perdida

UM jovem morava com a sua mãe. Não tinha irmãos e o pai, há pouco, os havia abandonado, para construir uma outra família. Era um jovem muito solitário. Passava mais tempo em seu quarto, do que na companhia de outras pessoas, outros rapazes da sua idade.

Um dia, entrou numa loja de CD's e deparou-se com uma vendedora. Jamais tinha visto garota tão linda. E como ela era gentil! Compra um CD e retorna para casa e, naquela noite, quase não consegue dormir, só pensando naquela garota.

Alguns dias depois, volta à loja e compra um outro CD. Pede para embrulhar para presente. A vendedora lhe sorri e conseguem trocar algumas palavras. Semanas se passam e aquele jovem vai quase que diariamente à loja para comprar um CD e ser atendido pela vendedora. Saía sempre com um CD embrulhado num papel de presente.

Um dia, uma fatalidade acontece: o rapaz adoece e morre. Sua mãe, com o coração dilacerado pela dor, resolve arrumar suas coisas. Qual não foi a sua surpresa! Existia, numa parte do guarda-roupa do filho, dezenas de CD's embrulhados para presente. Um a um, aquela mãe foi abrindo as embalagens. Percebeu que em todos os CD's havia um bilhete: *"Acho você uma pessoa muito especial. Você quer sair comigo?"* Estava assinado. E o nome da assinatura era o da garota vendedora da loja de CD's, em quem o filho tanto falava e por quem estava apaixonado.

A mãe pega o telefone, liga para aquela moça e informa o falecimento do filho. Diz, também, que ele nunca havia aberto os CD's, na tentativa de, um dia, convidá-la para sair com ele.

☑ *Objetivo*

É muito adequada essa história, para se trabalhar as oportunidades perdidas, desperdício de tempo, não querer arriscar, medo dos *"nãos"*.

☑ *Sugestão de Aplicação*

Após contar essa história, leve o grupo à reflexão acerca das vezes em que deixamos de fazer as coisas, com medo de arriscar. Quantos projetos que não saíram do papel, quantas pessoas que deixamos de falar, com medo de levarmos "um fora".

Excelente complemento desse momento é a música do *Lulu Santos/Nelson Mota, "Como uma onda"*. Sugerimos que você oportunize para o grupo a letra da música para todos cantarem.

☑ *Aprendizado*

◆ VIVER É ARRISCAR-SE CONTINUAMENTE!

Ousar. Não ter medo de levar um não. Jogar a bola na trave e vê-la entrar para o gol. Se não fizer isso, as chances de fazer esse gol são remotas.

30 O bebê enjeitado

ACONTECEU um fato inusitado e curioso dentro de uma grande empresa. Misteriosamente, uma pequena cesta de vime, muito bonita, contendo – pasmem! – um bebê, foi colocada, sem que ninguém visse, em cima da mesa do presidente.

Quando o presidente chegou, o assunto já era notícia, veiculado pela *"rádio-corredor"*. Ele ficou indignado e, imediatamente, nomeou uma comissão para apurar se o *"achado"* era de responsabilidade de alguém da casa. A comissão recolheu a criança e foi iniciada a investigação.

Uma semana depois, o relator da comissão informou ao presidente que já havia chegado a um veredicto. O presidente reuniu um número máximo possível de funcionários e pediu que fosse informado publicamente o resultado da investigação.

Assim concluiu a comissão: "*– Essa criança deverá ser encaminhada a um orfanato, pois ela não pode ser de nenhum funcionário desta empresa, pelas razões que passaremos a expor:*

1 – Em nossa empresa nunca foi feito nada com prazer, nem amor.

2 – Aqui nunca foi feito nada que tenha pé, nem cabeça.

3 – Em nossa empresa, jamais aconteceu de duas pessoas colaborarem tão intimamente entre si.

4 – Aqui jamais aconteceu de uma coisa ficar pronta num período de nove meses.

5 – Nunca alguém, aqui, ousaria oferecer, o que quer que fosse, aos membros da Diretoria."

☑ *Objetivo*

Esta é uma excelente história para levar o grupo a refletir sobre como anda o nível de comprometimento das pessoas, como anda o prazer de estar e fazer parte daquela empresa. Além de ser bastante engraçada e, aparentemente, irreal.

☑ *Sugestão de Aplicação*

Criar um suspense, dizendo que aconteceu um fato que abalou muita gente, que não teve tanta divulgação, mas que era preciso ser compartilhado.

"Vocês estão sabendo do bebê que foi colocado em cima da mesa do presidente?!"

Em seguida, é só contar a história, enfatizando as cinco razões porque a criança não poderia ser de alguém da empresa.

☑ *Aprendizado*

◆ GOSTE DA SUA EMPRESA. TENHA AMOR PELO QUE VOCÊ FAZ!

Sair de casa, todos os dias, para um local de trabalho com o qual não nos identificamos, não gostamos e não temos bons relacionamentos... é o fim.

Trabalhar no que se gosta é difícil. Mas, é possível, mesmo não sendo uma atividade ou tarefa das melhores, procurar realizá-la da melhor maneira possível. É, portanto, mais fácil gostar do que se faz.

31 A cobra e o vaga-lume

NA floresta, todos os animais temiam a cobra. Quando ela passava, os bichos se esquivavam para não aborrecê-la.

Um certo dia apareceu por aquelas bandas, um vaga-lume que, alegremente, fazia a festa na floresta, com seu brilho. Os animais faziam questão de prestigiar as aparições noturnas do vaga-lume, pois, enquanto olhavam para ele, esqueciam as preocupações de sobrevivência do dia seguinte. Só a cobra não estava gostando daquilo.

Cada dia que passava, ela ficava mais irritada com o sucesso que o vaga-lume fazia entre os bichos e, por isso, resolveu que iria comê-lo. Arquitetou vários planos para pegar o vaga-lume e nada dava certo.

O vaga-lume, por sua vez, não entendia porque a cobra vivia querendo devorá-lo, pois, pequeno do jeito que era, nem ao menos servia como aperitivo.

Mas, num fatídico dia, o vaga-lume fica frente a frente com a cobra, sem condições de escapar. Desesperado, antes de morrer, resolve indagá-la: "*– Dona cobra, eu não lhe fiz mal algum. Não sirvo para alimento, pois sou bastante pequeno. Por que a senhora quer me comer?*" A cobra olha fixamente para o vaga-lume e diz: "*– É que eu odeio ver você brilhar!*"

☑ *Objetivo*

Refletir acerca das pessoas que vivem incomodadas com o sucesso e a performance melhor das outras e o quanto isso é nocivo.

☑ *Sugestão de Aplicação*

Excelente fábula para ser aplicada em treinamentos ou eventos que envolvam pessoas da mesma empresa.

O seu brilho é, certamente, o melhor de você. Como sugestão a você, facilitador: utilize a dinâmica ***"O melhor de mim"*** – *"S.O.S. Dinâmica de Grupo", página 53 – Qualitymark Editora – Albigenor & Rose Militão*. Depois, cada participante poderá oferecer o seu *"melhor"* para tantas pessoas ele queira ou entregar a alguém especial.

☑ *Aprendizado*

◆ BUSQUE A EXCELÊNCIA E O SEU BRILHO APARECERÁ.

Afinal, o nosso melhor é para contagiar e fazer as outras pessoas também ficar melhores!

Todos nós temos exemplos de pessoas, nas quais nos espelhamos e assimilamos o que elas têm de especial. Fazer assim, com o intuito de crescimento e autodesenvolvimento, é sinônimo de sabedoria.

32 A frigideira

CONTA-SE que um jovem, recém-casado, ficou curioso, ao perceber a forma com que a sua esposa colocava peixe na frigideira: cortava a cabeça *(bem cortada)* e o rabo, até quase o meio do peixe. Indagou-lhe o porquê daquilo, ao que ela respondeu: "– *Mamãe sempre fez assim e eu aprendi com ela... naturalmente, deve ser a melhor maneira.*"

E assim, sempre que a esposa ia fritar peixe, procedia daquela forma. Afinal, quem era ele pra contestar os dotes culinários da sogra?! Num domingo *(os filhos sempre costumam papar a bóia das mães ou sogras aos domingos)*, estando eles na casa da mãe dela – e a sogra sabendo que o genro querido gostava de peixe frito –, resolveu preparar um peixão para ele. Foi aí que ele viu que ela não cortava tanto como a sua esposa... que dissera ter aprendido com ela e, imediatamente, questionou, fazendo referência à forma de como a esposa fazia em casa: "– *Por que a senhora faz assim?!*

A sogra riu e lhe respondeu: "– *Meu filho, eu sempre cortava o peixe daquela maneira porque, naquela época,* ***a minha frigideira era pequena...*** *só isso!*"

☑ ***Objetivo***

Esta é uma boa história, para reflexão, junto ao seu grupo, sobre a repetição de procedimentos, das rotinas, sem questionar, sem procurar alternativas de como fazer melhor – *"Sempre fizemos assim! Pra quê mudar?!"*

☑ ***Sugestão de Aplicação***

Normalmente, é aplicável em situações de repensar processos, planejamento. Pode-se contá-la para introduzir novos modelos, ou antes, de algum *"brainstorming"* de sugestões para aprimoramento ou elaboração de projetos.

☑ ***Aprendizado***

◆ QUESTIONE! PROCURE VER E FAZER DE OUTRA FORMA.

A preguiça mental de pensar, questionar, identificar o porquê das formas e procedimentos é antiprodutivo. Experimentar fazer diferente ou questionar um modelo preestabelecido leva-nos a novas idéias ou processos mais simplificados.

33 A rebelião contra o estômago

UMA vez um homem teve um sonho muito estranho: sonhou que suas mãos, pés, boca e cérebro começaram a se rebelar contra o estômago.

"– Sua lesma imprestável! – as mãos disseram – *Nós trabalhamos o dia inteiro, serrando, martelando, levantando e carregando. De noite estamos cobertas de bolhas e arranhões, nossas juntas doem e fi-*

camos cheias de sujeira. Enquanto isso, você só fica aí sentado, pegando a comida toda!"

"– *Nós concordamos!* – gritaram os pés – *Pense só como nos desgastamos, andando para lá e para cá o dia inteiro. E você só fica se entupindo, seu porco ganancioso, cada vez mais pesado para a gente carregar."*

"– *Isso mesmo!* – choramingou a boca. *De onde você pensa que vem toda a comida que você tanto ama? Eu é que tenho que mastigar tudo e, logo que termino, você suga tudo aí para baixo, só para você. Você acha que isso é justo?"*

"– *E eu?* – gritou o cérebro – *Você acha que é fácil ficar aqui em cima, tendo que pensar de onde vai vir a sua próxima refeição?"*

Uma por uma, as partes do corpo aderiram às reclamações contra o estômago, que não disse coisa alguma.

"– *Tenho uma idéia!* – o cérebro finalmente anunciou. *Vamos todos nos rebelar contra essa barriga preguiçosa e parar de trabalhar para ela."*

"– *Soberba idéia!* – todos os outros membros e órgãos concordaram – *Vamos lhe ensinar como nós somos importantes! Assim, talvez, você também acabe fazendo algum trabalho."*

E todos pararam de trabalhar. As mãos se recusaram a levantar ou carregar coisas. Os pés se recusaram a andar. A boca prometeu não mastigar nem engolir, um bocadinho sequer. E o cérebro jurou que não teria mais nenhuma idéia brilhante. No começo, o estômago roncou um pouco, como sempre fazia quando estava com fome. Mas, depois, ficou quieto.

Nesse ponto, para surpresa do homem que sonhava, ele descobriu que não conseguia andar. Não conseguia segurar nada mais nas mãos. Não conseguia nem abrir a boca. E, de repente, começou a se sentir bem doente.

O sonho pareceu durar vários dias. A cada dia que passava, o homem se sentia cada vez pior.

"*– É melhor que essa rebelião não dure muito* – ele pensou – *senão vou morrer.*"

Enquanto isso, mãos, pés, boca e cérebro iam ficando cada vez mais fracos. No início, se agitaram um pouquinho, para escarnecer do estômago de vez em quando. Mas, pouco depois, não tinham mais energia nem para isso.

Por fim, o homem ouviu uma vozinha fraca vinda da direção dos pés. Isso mesmo, eram os pés *"falando"*:

"*– Pode ser que estivéssemos enganados* – eles diziam – *será que o estômago não estava trabalhando o tempo todo, do jeito dele?!*"

"*– Estava pensando a mesma coisa* – murmurou o cérebro – *É verdade que ele fica pegando a comida toda, mas parece que ele manda a maior parte de volta para nós.*"

"*– Devemos admitir nosso erro* – disse a boca – *O estômago tem tanto trabalho a fazer quanto as mãos, os pés, o cérebro e os dentes.*"

"*– Então, vamos todos voltar ao trabalho!*" – gritaram juntos. Nesse momento, o homem acordou.

Para seu alívio, descobriu que os pés estavam andando de novo, as mãos seguravam, a boca mastigava e o cérebro agora conseguia pensar com clareza. Começou a se sentir muito melhor. Ou melhor, estava com muita fome.

☑ *Objetivo*

Excelente história para ilustrar a necessidade de trabalho em equipe, a importância da complementaridade de funções, da sinergia.

☑ *Sugestão de Aplicação*

Iniciar perguntando às pessoas quais as suas funções ou tarefas específicas. Quem considera que a sua tarefa é mais vital do que as demais? Depois, fazer uma correlação com os órgãos do corpo humano: qual é o mais importante, se você tivesse que escolher?

☑ *Aprendizado*

◆ CADA PESSOA É IMPORTANTE NAQUILO QUE FAZ.

Ou funcionamos todos juntos, ou nada funciona mesmo. Por mais simples ou aparentemente incapaz que uma pessoa possa ser, ela é importante num grupo.

Celebrar e aproveitar as diferenças de cada um é uma atitude sábia. As pessoas são diferentes, têm ritmos diferentes, pensam e agem diferentemente, mas são capazes.

Basta estarem colocadas no lugar certo.

34 Tirem a pedra!

DOIS episódios, na Bíblia, em que registram Jesus permitindo-se aflorar seus sentimentos e emoções: um deles é no Jardim do Getsêmani, momentos antes d'Ele ser preso – *"Se possível, Pai, afasta de mim essa angústia e não permitas essa minha dor... Mas, que não se faça a minha vontade, mas a Tua."*

O outro ocorre diante do túmulo de Lázaro, um amigo muito querido de Jesus – Ele chorou. Sabendo que o amigo estava doente, Jesus se dirigiu até Betânia *(cidade onde morava Lázaro)*, mas só pôde chegar lá quatro dias após.

O choro de Jesus pode ter várias razões: a amizade que os unia, a forma acolhedora que Ele sentia junto àquela família e a compaixão pelos sofrimentos que antecederam a morte do amigo.

Uma grande multidão O havia seguido, até o local onde Lázaro fora sepultado. Diante do túmulo, Jesus pediu: *"– Tirem a pedra!"* Em seguida, orou ao Pai e, depois, ordenou: *"– Lázaro, venha para fora!"*

E Lázaro voltou a viver.

☑ *Objetivo*

Possibilitar às pessoas a reflexão de que não existe milagre, em si, isolado. Tem coisas que nós podemos fazer; outras, só Deus. *"Tirar as pedras"* é difícil, mas é possível e é tarefa nossa. O impossível é simples pra Deus. E nós podemos contar com Ele.

☑ *Sugestão de Aplicação*

Pode-se efetuar a leitura do texto bíblico – João 11:1-44 ou apresentar o nosso resumo. Em seguida, trabalhar em pequenos grupos as atitudes de Jesus: o choro, a oração, o tirar a pedra.

Fazer uma correlação com o dia-a-dia da nossa vida – qual a dimensão das *"pedras"* que obstruem os nossos propósitos.

☑ *Aprendizado*

◆ REMOVA AS PEDRAS DA SUA VIDA... DEIXE O MILAGRE PRA DEUS.

Dois aspectos dignos de reflexão:

1 – "Tirem a pedra!" O que era mais fácil pra Jesus: ordenar que a pedra se movesse ou ordenar que Lázaro saísse do túmulo? Provavelmente, Ele quis nos dizer: *"Façam o seu trabalho, aquilo que lhes é possível realizar. O milagre e o impossível Deus faz!"*

2 – "Pai, graças Te dou por me ouvires. Sei que sempre me ouves, mas falo assim para que a multidão que me cerca saiba que Tu me enviaste." Jesus, nesse momento, não levou para Si todas as honras. Ele reconheceu que, mesmo Ele, sem Deus, era pequeno. Jesus reconheceu, portanto, a soberania do Pai.

35 Moisés e Ramsés

CONTA-SE que Moisés, o grande líder de Israel, foi *"dedurado"* ao Faraó, pelo seu primo Ramsés, acusando-o de conceder regalias aos escravos hebreus. O Faraó, imediatamente, mandou chamá-lo e Moisés mandou-lhe dizer que não poderia naquele momento, pois estava muito ocupado, construindo a cidade para o Jubileu – conforme o próprio Faraó o determinara.

Indignado e sentindo-se desobedecido, o Faraó foi até o local das obras. Chegando lá, acompanhado de Ramsés, deparou-se com um Moisés totalmente absorto no trabalho que realizava. Naquele exato momento, estava sendo levantado um gigantesco obelisco, que seria o monumento-símbolo do Jubileu do Faraó. Mais de três mil homens – técnicos, gerentes e operativos – faziam parte daquele grande projeto.

Finalmente, o obelisco ficou erguido e, agora, seria necessário, apenas o acabamento para firmá-lo mais ao chão. Começa, então, o interrogatório do Faraó a Moisés:

"– É verdade que você deu trigo dos celeiros do templo para os escravos?" "– É verdade." Respondeu Moisés.

Nesse momento, Ramsés, numa muda torcida, pegou uma pequena pedra e colocou num dos pratos de uma balança e o prato começou a pender.

Continuou o Faraó: *"– É verdade que você permitiu uma hora de descanso, por dia, para os escravos?"* Moisés lhe respondeu: *"– É verdade."* E outra pedra foi colocada na balança, por Ramsés.

"– É verdade que você concedeu um dia de descanso semanal para os escravos?" "– É verdade." Respondeu-lhe Moisés, ao tempo em que Ramsés colocava uma terceira pedra no prato da balança, que baixou totalmente para um lado.

"E o que você me diz disso que fez?" Concluiu o Faraó.

"– É verdade tudo isso. Mas, é verdade, também, que escravos bem tratados, bem alimentados, saudáveis e descansados produzem mais e com mais prazer." Respondeu Moisés, colocando um tijolo inteiro no outro prato da balança – que baixou totalmente para o lado dele.

☑ Objetivo

Fazer referência à necessidade de estimular ações motivacionais no dia-a-dia da empresa.

☑ Sugestão de Aplicação

Esta história está no filme ***"Os Dez Mandamentos"***, de *Cecil B. De Mille*. Você pode mostrar o trecho do filme, pode orientar uma representação teatral ou pode, simplesmente, ler a história.

☑ Aprendizado

◆ PESSOAS MOTIVADAS SÃO PESSOAS APAIXONADAS!

Motivação está sendo, cada vez mais, a grande necessidade nos ambientes de trabalho. O processo de motivação é uma postura que depende de cada pessoa, é uma força que vem de dentro: a automotivação.

Automotivação é o desejo de se realizar algo, fazendo diferente. É ter iniciativa, fazer mais do que o óbvio, ser proativo, sair da mesmice. Motivação é querer, firmeza e determinação caminhando juntos, produzindo força e impulsionando o indivíduo na busca do objetivo desejado.

36 A corrida de bigas

NUM dos trechos do magnífico filme *"Ben-Hur"*, o próprio Judah Ben-Hur *(interpretado por Charlton Heston)*, retornando do seu período como escravo acorrentado nas galés, descansava à sombra de uma palmeira e assistia a uma corrida de bigas.

Junto dele, o velho Balthazar ouviu-o comentar, enfaticamente, com ar de quem era profundo conhecedor daquele esporte, que os cavalos não conseguiriam fazer a curva. De fato, a biga *"sobrou"* na curva, ao tempo em que o seu proprietário esbravejava com o treinador e condutor do veículo. Balthazar aproximou-se do dono dos cavalos, apresentou-lhe Ben-Hur e contou-lhe o comentário que este havia feito há pouco. O árabe, pasmo e curioso, indagou-lhe sobre o que ele achava dos seus cavalos. Ao que Judah lhe respondeu:

> ***"Você tem excelentes cavalos, isoladamente... porém, eles não formam uma equipe."***

☑ *Objetivo*

Mostrar a importância do trabalho em equipe e do valor de serem colocadas as pessoas certas nos lugares certos.

☑ *Sugestão de Aplicação*

Contar a história e dividir em pequenos grupos, para relacionar as vantagens de se trabalhar em equipe, bem como destacar quais as diferenças entre grupo e equipe.

☑ *Aprendizado*

◆ SEUS CAVALOS FORMAM UMA EQUIPE?

Ser equipe não é os seus membros fazerem igualmente ou terem características semelhantes, mas, mesmo diferentes, estarem em sinergia, alcançando, juntos, os objetivos comuns a todos.

37 A parábola dos talentos

UM homem possuía muitas propriedades e resolveu fazer uma viagem. Chamou os seus três principais empregados e os pôs para tomar conta de tudo até a sua volta. E lhes deu dinheiro de acordo com a capacidade que ele percebia em cada um.

Ao primeiro deu *dez talentos (que equivalia a quinhentas moedas de ouro)*; ao segundo deu *cinco talentos (que equivalia a duzentas moedas de ouro)*; e ao terceiro deu *dois talentos (que equivalia a cem moedas de ouro)*. Então, foi viajar.

O empregado que recebeu quinhentas moedas, saiu logo, fez negócios com o dinheiro e conseguiu outras quinhentas. Do mesmo modo, o que havia recebido duzentas moedas conseguiu outras duzentas. Mas, o que tinha recebido cem moedas, saiu, cavou um buraco na terra e escondeu o dinheiro que o patrão havia lhe dado.

Depois de muito tempo, o patrão voltou e foi fazer a prestação de contas com eles.

O que havia recebido quinhentas, chegou e lhe entregou mais quinhentas. O patrão lhe disse: "*– Muito bem! Você foi muito hábil negociando com pouco, por isso vou lhe colocar para negociar com muito.*" E festejaram juntos.

Aquele que recebeu duzentas moedas prestou contas, entregando ao patrão outras duzentas. O patrão lhe disse: *"Muito bem! Você, também, foi muito hábil em negociar com tão pouco. Vou lhe dar oportunidade para negociar com muito."* E festejaram, também, juntos.

Por fim, o que recebera cem moedas, devolveu as mesmas cem, afirmando que ficou com medo de perder tudo, por isso escondeu debaixo da terra. O patrão lhe respondeu: *"– Você foi mau e preguiçoso. Poderia ter, pelo menos, depositado o dinheiro no banco, que teria rendido juros."*

Virou-se para os outros empregados e lhes disse: *"– Tirem dele o dinheiro e dêem ao que tem mil moedas. Porque aquele que tem muito, receberá mais e, assim, terá mais ainda. Mas, quem não tem, até o pouco que tem será tirado dele."*

PARÁFRASE DE MATEUS 25:14-30 *"A Parábola dos Talentos"*, relatada por Jesus.

☑ *Objetivo*

Esta é uma boa história para fazer referência às aptidões e habilidades das pessoas que trabalham com você. Como cada uma está desempenhando as suas funções, buscando aprimorar aquilo que já sabe ou identificando novas fontes de aprendizado?

☑ *Sugestão de Aplicação*

Pode ser feita de forma expositiva ou pode ser representada em forma de *"teatrinho"*. Procurar identificar, em pequenos grupos, quais são os talentos *(habilidades, aptidões)* de cada pessoa e fazer uma avaliação pessoal.

Pode, também, apenas ser contada a parábola e ser feito, ao final, um *"brainstorming"* sobre os talentos e habilidades das pessoas e como aproveitá-los melhor.

☑ *Aprendizado*

◆ APROVEITE OS TALENTOS QUE DEUS LHE DEU!

Pessoas têm talento para fazer algo que outras não conseguem. Pessoas que nem imaginam o talento que têm. Pessoas que fazem tão bem feito, são tão talentosas, mas desperdiçam e destroem os seus talentos com as drogas ou com a marginalidade. Pessoas com raros talentos e que não deixam a soberba tomar conta delas e continuam humildemente talentosas.

Ter talento é fazer com maestria. Fazer com o coração. Ter talento é saber amar e aproveitar, com talento, o talento que Deus lhe deu!

38 Águia ou galinha?

UM certo homem, enquanto caminhava por uma floresta, encontrou um filhote de águia, machucado e desprotegido. Levou-o para casa, colocou no seu galinheiro, onde ele cresceu e aprendeu a se alimentar como as galinhas e a se comportar como elas.

Um dia, um biólogo que ia passando por ali, perguntou-lhe porque uma águia, a rainha de todos os pássaros, deveria ser condenada a viver no galinheiro como as galinhas.

"– Depois que lhe dei comida de galinha e a eduquei para ser uma galinha, ela nunca aprendeu a voar – replicou o dono. – *Comporta-se como uma galinha, portanto não é mais uma águia."*

"– Mas – insistiu o biólogo – *ela tem coração de águia e certamente poderá aprender a voar."*

Depois de falar muito sobre o assunto, os dois homens concordaram em tentar mudar o comportamento da águia. Cuidadosamente, o cientista pegou a águia nos braços e disse:

"– Você pertence aos céus e não à terra. Bata bem as asas e voe!"

A águia, entretanto, estava confusa: não sabia quem era e, vendo as galinhas comendo, pulou para juntar-se a elas. Inconformado, o biólogo levou a águia no dia seguinte para uma alta montanha. Lá, segurou a rainha dos pássaros bem no alto e encorajou-a de novo, dizendo: *"– Você é uma águia. Você pertence ao céu e não à terra. Bata bem as asas e, agora, voe!"*

A águia olhou em torno, olhou para o galinheiro, para o céu... e não voou. Então, o cientista, persistentemente, levantou-a na direção do sol e a águia começou a tremer e, lentamente, abriu as asas. Finalmente, levantou vôo para o céu.

Pode ser que a águia ainda se lembre das galinhas, com saudades. Pode ser que ainda, ocasionalmente, torne a visitar um galinheiro. Mas até onde foi possível saber, nunca mais voltou a viver como galinha. Ela era uma águia, embora tivesse sido mantida e domesticada como galinha.

☑ *Objetivo*

Esta é uma história excelente para se refletir sobre auto-estima, determinação pessoal, motivação e vontade de realizar.

☑ *Sugestão de Aplicação*

Fazer uma analogia da história com a realidade das pessoas. A águia é plena no seu poder de vôo, de visão, de velocidade.

Que tipo de papel estamos desempenhando no dia-a-dia, na nossa empresa e na nossa própria vida? Será que, sendo águias, muitas vezes não estamos vivendo como galinhas *(vida medíocre)* e agindo como galinhas *(sem garra, sem determinação, desmotivados)?*

☑ *Aprendizado*

◆ TENHA A CORAGEM DE ASSUMIR O SEU REAL PAPEL!

Viver é ter a coragem de assumir, ser consciente, ser alguém, sem ser apenas mais um. Precisamos, na vida, muitas vezes, de alguém que nos mostre ou nos leve a realizar o que podemos fazer – voar como águias.

Nisso, também reside a função de um amigo. O restante é o nosso querer, a nossa força de vontade, uma vez que a ***ação de mudar é nossa.***

39 A caneca de chá

ERA uma vez um homem que se dizia muito inteligente. Tão inteligente, ao ponto de não admitir que existisse alguém que fosse mais inteligente do que ele. Sobre qual assunto ou tema fosse, ele prontamente se dizia sabedor: era o melhor em ciências, matemática, astrologia, conhecia como ninguém os aspectos do comportamento humano, estava atualizado em todos os conceitos de informática, as pesquisas científicas lhe eram claras e as dominava todas. Era fluente em diversos idiomas e conhecia profundamente as culturas e os povos mais variados.

Enfim, ele era, realmente muito bom. Em tudo. Com essa forma de ser, ao longo de sua vida, ele sempre se conduziu arrogante e auto-suficiente. Duvidava e desafiava, portanto, que alguém pudesse ser melhor ou mais inteligente do que ele.

Num certo dia, entre uma estória e outra da sua vida de tanta sabedoria, ele se deparou com um outro homem, que se aproximou e lhe falou, tranqüilamente: *"– Você sabia que eu conheço um homem que é muito melhor do que você?"*

Imaginemos a reação dele: ficou grosso, irritado, começou a falar alto... "*– Não é possível!!! Eu duvido que esse, ou qualquer outra pessoa, possa conhecer alguma coisa a mais do que eu. Afinal, eu sou muito bom. Eu sou o melhor!*"

O outro homem, mais uma vez, lhe disse, calmamente: "*– Pois bem, eu vou lhe dizer como você chegar até ele e aí vocês se duelam e decidem, finalmente, quem é o melhor.*"

"*– Então, diga logo, porque eu vou lá e mostro que ele não é de nada.*" – retrucou.

Após colher todas as informações de como chegar até onde morava o "*tal melhor do que ele*", o homem preparou-se todo, reciclou-se, fez revisão no seu carro e escolheu o dia da viagem. Era uma manhã de sol, muito bonita, temperatura suave, quando ele pegou sua pouca bagagem, entrou no seu carro e dirigiu por várias horas. Lá por volta do meio-dia, estancou num local, às margens de um rio, onde teve que alugar um barco, para continuar sua viagem. Navegou pouco mais de uma hora, desembarcou, procurou um lugar que tivesse uma boa refeição e, após descansar um pouco, continuou seu trajeto. Desta vez, a cavalo. Cavalgou quase duas horas – subindo e descendo montanhas, atravessando planícies, tudo muito verde e bonito.

Ao entardecer, ele chegou, finalmente, a um lugar bem descampado, poucas árvores, onde ele só ouvia o som do vento, o canto dos pássaros e o gostoso barulho das águas de um riacho. Apeou do cavalo, por alguns momentos, inspirou profundamente aquele ar puro, lavou-se do cansaço nas águas límpidas do riacho, montou, de novo, e se dirigiu para o local que, supostamente, poderia ser a moradia do tal homem. O vento, agora, soprava um pouco mais frio.

Avistou, numa montanha um pouco à frente, um pequeno casebre, vislumbrou fumaça e deduziu, confiante: "*Deve ser ali.*" Aos poucos, foi se aproximando e falando consigo: "*Morar num lugar desses... tá certo que é muito bonito, tranqüilo... mas, é longe de tudo, de todos – da tecnologia, das pessoas, da TV, dos shoppings, da praia, das festas, enfim, morar aqui só sendo muito burro, alienado!*"

Com esse pressuposto, foi chegando perto da casa e percebeu que havia uma fogueira acesa, sobre o fogo uma chaleira bem preta pela fumaça. Ao lado da fogueira, um tronco de árvore. Sobre o tronco, uma única caneca bem surrada e, perto do fogo, percebeu, também, pelas costas, um homem assentado no chão, aparentando uma idade já avançada, bem agasalhado e de chapéu. A poucos metros, ainda sobre o cavalo, foi falando: *"– Ei, você! Eu vim aqui saber em quê você é melhor do que eu!"*

O homem, mesmo assentado, virou-se, lentamente e lhe sugeriu: *"– Você não gostaria de descer do seu cavalo?"*

Ele desceu e, arrogante, repetiu: *"– Olhe aqui, eu não posso perder tempo. Me disseram que você é muito inteligente, sábio e eu vim pra saber onde ou em quê você é mais inteligente do que eu."*

Outra vez, com a mesma calma, o homem voltou a sugerir: *"– Você não quer sentar um pouco?"*

"– Sentar aonde? Aqui não tem nenhuma cadeira!" – ironizou.

"– Sente aqui, no chão, perto de mim." – respondeu o homem.

Ele atendeu o pedido, mas foi logo falando a razão de estar ali. Dissecou e dissertou sobre tudo o que supostamente sabia. Falou minutos a fio, sem parar, e o velho homem apenas ouvindo, ouvindo. Concluiu, finalmente, dizendo: *"– Bem, agora que eu já lhe disse parte do que eu sei e sou, gostaria que você ousasse dizer algo que provasse ser melhor do que eu, porque, como já lhe afirmei, eu sou melhor do que você."*

Mantendo a mesma tranqüilidade de antes, o velho, desta vez, lhe sugeriu: *"– Você não gostaria de tomar um chá comigo?"*

"– Tomar em quê?! Só tô vendo esta caneca velha e surrada aqui." – retrucou, apontando para a caneca sobre o tronco.

"– Tomemos nesta mesmo" – respondeu.

Assim, o velho lhe entregou a caneca, pegou a chaleira de chá, fervendo, e começou a derramar o chá na caneca. E foi derramando, derramando, derramando... até que transbordou e molhou o visitante, queimando-o até. Ele se levantou irritado e esbravejou: *"– Eu bem que sabia. Vim aqui em busca de um homem sábio, inteligente, capaz, e olha só o que encontro: um velho maluco, que não sabe, sequer, servir uma caneca de chá para um visitante."*

De novo, com muita serenidade e prudência, o velho homem lhe esclareceu: *"– Pois é... você está exatamente igual a esta caneca de chá: está tão cheio, transbordando de coisas que sabe ou pensa que sabe, que não dá chance a você próprio de aprender coisas novas ou admitir que existem pessoas que lhe podem ensinar algo. Esvazie. Oportunize a você a chance de esvaziar um pouco a sua caneca interior e, com certeza, novos aprendizados preencherão sua caneca."*

☑ *Objetivo*

Refletir, junto com o grupo, acerca da necessidade de estar aberto a novos conceitos e aprendizados. Abrir espaço interior para novos conhecimentos e oportunizar-se a um novo crescimento.

☑ *Sugestão de Aplicação*

É uma história adequada para início *(bem no início mesmo)* de algum trabalho, que venha provocar mudanças ou planejamento. É aplicável, também, para programas de desenvolvimento de equipes, enfocando aspectos de relacionamento entre as pessoas.

Ao contá-la, providencie um bule velho e uma caneca. Faça o chá e, semelhante ao velho, sente no chão e convide alguém a vir tomar um chá. Encha a caneca até transbordar e aplique os aprendizados dessa estória.

☑ *Aprendizado*

◆ É PRECISO APRENDER A DESAPRENDER. ESVAZIE-SE!

Muitas vezes, por mais simples ou até repetitiva que seja uma situação, podemos abstrair algum aprendizado dela. Não julgar um processo antes de vivenciá-lo ou obter a segurança de como ele vai se desencadear.

O *"esvaziar-se"* é sinônimo de desprender-se, de deixar as resistências um pouco de lado e experimentar o novo.

40 A garota e os monges

DOIS monges em peregrinação chegaram à margem de um rio. Lá avistaram uma garota que necessitava, também, atravessar aquele rio, porém a correnteza estava muito forte e ela ficou com medo. Um dos monges, vendo-a, pegou-a nos braços, atravessou-a e depositou-a em solo seco, do outro lado.

E continuaram seu caminho. Porém, o outro monge, ao longo das duas horas seguintes, ficou a reclamar: *"– Não é certo tocar uma mulher... é contra os mandamentos ter contato íntimo com mulheres... Como você pode ir contra as leis da nossa ordem?! Você pecou fortemente!..."*

O monge que carregara a jovem seguia junto com o companheiro, em silêncio. Mas, finalmente, observou:

"– Eu a deixei no rio há duas horas. Por que você ainda a está carregando?"

☑ *Objetivo*

Refletir sobre as atitudes e palavras que reforçam, negativamente, situações vividas no passado e o quanto elas são nocivas para o desempenho produtivo.

☑ ***Sugestão de Aplicação***

"Mente vazia, oficina do diabo." Pessoas desocupadas tendem a ficar *"remoendo"* coisas do passado, principalmente, com o intuito de denegrir, acusar, prejudicar.

Contar essa estória para grupos onde o facilitador perceba a existência de pessoas que vivem se ocupando de fofoca ou criticando, pejorativamente, as ações das demais, sem, procurar ajudálas.

☑ ***Aprendizado***

◆ MENTE VAZIA, OFICINA DO DIABO!

Pessoas desocupadas tendem a ficar *"remoendo"* coisas do passado, principalmente, com o intuito de denegrir, acusar, prejudicar.

A Bíblia nos ensina que devemos *"prosseguir para o alvo... esquecendo-nos das coisas que pra trás ficam"*.

41 A maior lição

O ex-presidente americano, Jimmy Carter, um dia, relatou, com orgulho, a sua experiência como fuzileiro naval. O sonho de milhares de jovens daquele país era servir como fuzileiro na Marinha dos Estados Unidos.

Foram quase doze meses a bordo de um gigantesco navio-escola. A riqueza dos aprendizados, no dia-a-dia, era, certamente, para a vida. Porém, a ansiedade de todos os jovens fuzileiros era o momento da entrevista final com o almirante, e que ocorria, em poucos e preciosos minutos, durante o último mês de treinamento.

Chegou o grande dia para o jovem Jimmy Carter. Certificado de conclusão do curso já em seu poder, malas semi-arrumadas, impecavelmente fardado, ele se dirige à cabine-gabinete do almirante. Entra e fica em pé no meio da grande sala.

O almirante, então, inicia a entrevista:

"– Jovem, como foi o treinamento para você?"

Ele respondeu: *"– Excelente, senhor."*

"– Quantos alunos serviram neste navio?"

"– Em torno de oitocentos jovens, senhor."

"– Qual foi a sua classificação?"

"– Qüinquagésimo primeiro, senhor."

O almirante comenta, então: *"– Uma boa colocação!"*

Nesse momento, o almirante sai de trás da sua mesa, dirige-se até à porta e, antes de sair, faz-lhe a penúltima pergunta: *"– Você deu o máximo de si?"*

O jovem refletiu um pouco e respondeu: *"– Não, senhor."*

O almirante sai da sala, mas, segundos depois, abre a porta, coloca só a cabeça para dentro do ambiente e faz a última pergunta: ***"– E porque não?"***

O jovem fuzileiro Jimmy considerou aquele momento como a melhor lição que aprendera durante todo o período como aluno naquele navio.

☑ *Objetivo*

Incentivar as pessoas para a necessidade de, ao realizar algo, qualquer que seja o trabalho, procurar não fazê-lo de forma superficial, medíocre, só por fazer.

☑ *Sugestão de Aplicação*

É uma boa história para ser contada em treinamentos ou palestras motivacionais. As pessoas, normalmente, baixam a guarda e diminui o padrão de qualidade e eficácia do seu desempenho.

Pode ser teatralizada, também.

☑ ***Aprendizado***

◆ DÊ SEMPRE O MELHOR DE VOCÊ!

Tem um filme produzido pela **SIAMAR**, intitulado *"A Natureza Humana da Qualidade"*, onde o narrador diz uma frase que se encaixa perfeitamente para o aprendizado dessa história:

"A pessoa que mais se beneficia com a qualidade e a excelência do seu trabalho é você."

Ao realizar, coloque o coração e dê o seu melhor.

42 A carpintaria

NUMA carpintaria houve uma estranha assembléia: As ferramentas resolveram se juntar para acertar suas diferenças.

Ao iniciar a assembléia, o martelo pediu silêncio e disse que assumiria a presidência dos trabalhos. Imediatamente, todos exigiram que ele renunciasse. Diziam que ele passava o tempo todo golpeando e que, além do mais, fazia muito barulho. Sem alternativas, o martelo declinou o cargo, mas exigiu a expulsão do parafuso. Alegou que ele dava muitas voltas para conseguir alguma coisa.

Quando se viu atacado pelo martelo, o parafuso se enfureceu e pediu, também, a expulsão da lixa. Ele não agüentava mais conviver com ela, pois era muito áspera no tratamento com os demais, entrando sempre em atrito com todos. A lixa acatou a decisão, desde que expulsassem, também, o metro, pois ele sempre media os outros segundo suas próprias medidas, como se fosse o único perfeito.

Quando a discussão estava bastante acirrada, entrou o carpinteiro. Juntou todo o material e iniciou o seu trabalho: ele utilizou habilmente o martelo, a lixa, o metro, o parafuso e muitas outras ferramentas. Finalmente, a rústica madeira se transformou num móvel maravilhoso.

O carpinteiro saiu e a assembléia, então, reiniciou a discussão. O serrote tomou a palavra e disse: *"– Amigos, ficou demonstrado que todos aqui temos defeitos, mas o carpinteiro aprendeu a trabalhar, principalmente, com as nossas qualidades. Sendo assim, não devemos pensar em nossos pontos fracos. Vamos nos concentrar em nossas qualidades."*

Todas as ferramentas entenderam que o martelo era forte, o parafuso unia, que a lixa era especial para eliminar asperezas e o metro era preciso e exato. Nesse momento, um sentimento de equipe invadiu as ferramentas. Elas entenderam que, juntas, eram capazes de produzir coisas maravilhosas e surpreendentes.

Texto extraído do filme-palestra "Atendimento é Show", produzido pela AMIL

☑ *Objetivo*

É uma história muito boa para reforçar a importância do trabalho em equipe ou quando surge, no grupo, um clima hostil, de acusação e foco nos defeitos.

☑ *Sugestão de Aplicação*

Excelente para fechamento da dinâmica-vivência ***"Competências & Carências"***, do livro *"Jogos, Dinâmicas & Vivências Grupais", página 190 – Qualitymark Editora – Albigenor & Rose Militão.*

☑ *Aprendizado*

◆ "EQUIPE PERDEDORA É AQUELA EM QUE SEUS MEMBROS COMPETEM ENTRE SI. EQUIPE VENCEDORA É AQUELA EM QUE OS MEMBROS COMPETEM COM A CONCORRÊNCIA."

O grande desafio do momento no mundo empresarial é o trabalho em equipe, as pessoas se predisporem a desenvolver a sinergia.

Uma das nossas palestras mais requisitadas – e é a nossa preferida – é *"O valor das relações afetivas para a produtividade e satisfação no trabalho."* Acreditamos que a única maneira de fazer uma empresa de sucesso é trabalhando seus colaboradores, no sentido de fazê-los se perceberem um time.

43 A parábola do semeador

JESUS utilizava parábolas para ensinar muitas coisas às pessoas. É impossível não se transportar com Ele para aquela época, ver e sentir cada detalhe das suas histórias.

Assim, Ele contou a *Parábola do Semeador*:

"Certo homem saiu para semear os seus campos. Enquanto espalhava as sementes pelo solo, algumas foram caindo pelo caminho. Vieram as aves e as comeram. Outra parte das sementes caiu num lugar onde havia muitas pedras e pouca terra. As sementes brotaram logo, porque o solo era pouco profundo, mas, quando o sol apareceu, queimou as plantas, elas murcharam, secaram e morreram, porque tinham pouca raiz. Outras sementes caíram entre espinhos, mas os espinhos sufocaram as plantas. Mas, algumas caíram em terra bola, e deram uma colheita que era trinta, sessenta e, até mesmo, cem vezes tanto o que ele tinha plantado."

Não são assim as pessoas para quem falamos, orientamos ou ministramos treinamentos, proferimos palestras? Aqueles ensinamentos que tentamos disseminar, mas eles *ficam pelo caminho – não são colocadas em prática.* Outras vezes, o participante fica até bem intencionado em dar continuidade no que aprendeu, mas é *sufocado pelo pique do dia-a-dia, pelas situações do ambiente de trabalho.* Tem ocasiões em que *tudo o que falamos ou tentamos ensinar é rebatido e não encontra refúgio nos corações de pedra.* Já outras pessoas são *semelhantes às sementes que caíram em terra boa: elas ouvem, entendem a mensagem, assimilam e produzem novos frutos, dão continuidade.*

☑ *Objetivo*

É uma parábola adequada para se refletir até que ponto os aprendizados, de fato, são absorvidos e colocados em prática pelas pessoas.

☑ *Sugestão de Aplicação*

Pode ser uma história contada ou representada – tanto no início como no final de alguma apresentação, treinamento ou palestra. Quem são as sementes? Quem são os espinhos... pedras... caminhos... solo fértil?

☑ *Aprendizado*

◆ EXPERIMENTE SER TERRA FÉRTIL PARA FAZER BROTAR NOVOS CONHECIMENTOS.

É verdade que nem todas as pessoas absorvem o que foi ministrado. Outras ficam com aquela vontade de sair por aí modificando o mundo *(leia-se seus ambientes, seus lares, seus locais de trabalho).*

Cada ser é diferente e essa é a riqueza de trabalhar com as pessoas.

44 A cidade

NUMA região de excelente clima, solo fértil e pouco montanhoso, foi construída uma cidade. E a fama de que aquela cidade era muito boa e promissora, virou sonho de muita gente.

Dois homens, quase que simultaneamente, morando em lugares diferentes, resolveram se mudar para aquela cidade. Praticamente, chegaram à mesma hora. Dirigiram-se para o centro de triagem, uma espécie de portão de entrada da cidade, onde uma pessoa recepcionava os que chegavam e preenchia um pequeno questionário.

Além dos dados pessoais, referências, a entrevista tinha algumas perguntas específicas: *"– Como era a cidade que o senhor morava?"* Perguntou a moça da recepção, a um dos homens. *"Era terrível. Muita violência, marginalidade, trânsito louco e perigoso, as pessoas não se respeitavam, um alto índice de egoísmo, os relacionamentos eram superficiais, não se podia andar livremente pelas ruas ou conversar nas calçadas. Por isso, eu vim pra cá e gostaria de saber como é aqui."*

A jovem respondeu: *"– Aqui também é assim... não tem muita diferença dessa sua cidade!"* Ele, mesmo assim, ficou por ali pensando para decidir se entraria ou não.

Em seguida, a mesma pergunta foi feita ao outro homem: *"– Como era a cidade que o senhor morava?"* Ele respondeu: *"Ah! Lá era maravilhoso. Tão boa que eu já estava saturado de tanta tranqüilidade – as crianças podiam brincar livremente nas calçadas, praticamente não se ouvia buzina de carros, casas sem muros, sem sistemas de segurança, as pessoas se relacionavam e se cumprimentavam alegremente, enfim, era uma cidade pacata e acolhedora. Por isso, eu vim pra cá, pensando em ter algo mais agitado e gostaria de saber como é aqui."*

A jovem respondeu: "*– Aqui também é assim... não tem muita diferença da sua cidade!*" Imediatamente, o primeiro homem, que ouvira o diálogo, questionou a resposta da moça: "*– Que história é essa?! Pra mim, você disse que a cidade é péssima. Pra ele, você afirma que tudo aqui é maravilhoso. Enfim, pra quem você disse a verdade?*"

Respondeu a recepcionista: "*– Eu falei a verdade para ambos. Os ambientes, em si, eles são, muitas vezes, iguais, frios, imóveis. Quem faz a leveza e a riqueza desses ambientes, a tranqüilidade e o bem-estar são as pessoas. Portanto, dependerá de cada um de vocês esta cidade ser péssima ou excelente.*"

☑ *Objetivo*

Esta é uma história muito boa para se refletir sobre as condições dos ambientes, sobre o papel das pessoas em influenciar positiva ou negativamente nos locais onde elas convivem.

☑ *Sugestão de Aplicação*

Pode ser contada no início de uma reunião avaliativa sobre os relacionamentos entre as pessoas, entre as áreas de trabalho, trazendo à tona situações que se assemelhem com relato da história.

☑ *Aprendizado*

◆ QUEM FAZ O AMBIENTE É VOCÊ!

Existem pessoas que são do tipo *"bueiro"*: vivem criticando e reclamando de tudo e de todos. Existem, também, as pessoas do tipo *"platéia"*: elas têm sempre uma palavra de estímulo, uma atitude conciliadora, estão sempre disponíveis e motivadas. Pessoas tipo *"platéia"* fazem os ambientes e, conseqüentemente, as demais pessoas, serem melhores e mais produtivas.

45 Os azares de uma festa de aniversário

Esta é uma história verdadeira, em quase cem por cento. Acrescentamos uma pitada de emoção ao já fatídico e pouco emocionante dia de um homem, em pleno dia do seu aniversário.

Um cidadão da cidade de *Bohn (Alemanha)*, operário de uma siderúrgica, no começo da feliz comemoração pelos seus vinte e nove anos de idade, sofreu uma azarada seqüência de acidentes: levou um corte numa das mãos, queimou um braço e parte do rosto, sofreu uma colisão no trânsito, que provocou um corte profundo na testa e quebrou o outro braço.

Era um sábado de muito sol, pela manhã, quando o jovem casal estava efetuando os preparativos da festa de aniversário do marido. Enquanto ele estava numa mesa, na área de serviço, preparando a carne para o churrasco, a esposa estava na cozinha fazendo algumas saladas e frituras.

Inadvertidamente, o jovem aniversariante resvala a faca e provoca um corte profundo por entre os dedos da mão. Imediatamente, pega uma camiseta que estava pendurada no varal e enrola a mão, para estancar o sangue. Corre até à cozinha e avisa a esposa que está indo para o hospital fazer um curativo e que logo estaria de volta. Entra no seu carro e se encaminha para o hospital, onde é prontamente atendido: o corte precisou de alguns pontos – e ele voltou pra casa com a mão enfaixada.

Durante o período em que ele estava no hospital, a sua esposa derramou uma quantidade de azeite fervendo no vaso sanitário do lavabo da sala. Quase que nesse exato momento, imediatamente após, o marido retorna e se dirige diretamente para o dito lavabo. Limpou o resto de sangue que havia escorrido pelo braço, jogou o papel-toalha no cesto de lixo, tirou um cigarro do bolso, acendeu-o e jogou o fósforo, ainda aceso, no lixeiro. Caindo no chão, ele se abai-

xou, pegou o fósforo aceso e jogou-o dentro do vaso sanitário. Uma grande labareda levantou, atingindo-lhe o braço e parte do rosto.

Desesperado, entrou de novo no carro e, dirigindo com apenas uma das mãos (a que estava queimada, mesmo), saiu em grande velocidade. Faltando apenas um quarteirão para chegar ao hospital, arriscou cruzar um sinal que estava prestes e ficar vermelho e bateu em cheio num outro carro que cruzava simultaneamente. Mesmo estando com cinto de segurança, seu corpo foi todo pra frente, batendo violentamente contra o pára-brisa do carro e provocando um corte profundo em sua testa. Desceu do carro e, cambaleando, dirigiu-se, a pé, para o hospital.

Chegando ao hall do hospital, foi atendido pela mesma equipe de plantão, que havia cuidado do seu ferimento, pouco tempo atrás. Quando eles viram "aquilo", ficaram surpresos. Colocaram-no sobre uma maca e, indo pelo corredor, riam descontroladamente, pelo "azar" do pobre homem.

Numa curva do corredor, a maca tombou, ele caiu e quebrou um braço.

☑ *Objetivo*

História muito boa para ilustrar aspectos da comunicação entre pessoas, destacando que, quando há dispersão e desinteresse, tem como conseqüência ruídos nessa comunicação e baixa produtividade.

☑ *Sugestão de Aplicação*

Escolher quatro a cinco pessoas *(podem ser voluntárias)* e contar a história para uma delas, enquanto as outras ficam fora da sala. Depois, uma a uma, contará a mesma história para as demais. É um exercício tipo telefone sem fio. O resultado é hilário, porém rico em aprendizados.

Verificar a seqüência de procedimentos na dinâmica ***"Os azares de uma festa de aniversário"***, do livro *"S.O.S. Dinâmica de*

Grupo", página 103 – Qualitymark Editora – Albigenor & Rose Militão.

☑ ***Aprendizado***

◆ FALHAS DE COMUNICAÇÃO PROVOCAM A RÁDIO-CORREDOR

A própria insegurança de cada pessoa, à medida que vai ouvindo o relato, já prejudica a assimilação do fato contado.

Alguns fatores são essenciais para uma comunicação eficaz: *saber ouvir, demonstrar atenção e interesse, ter clareza, boa dicção, tom de voz adequado, demonstrar conhecimento e segurança, não distorcer o assunto-objeto da comunicação, evitar o uso de gírias ou expressões de intimidade, bem como termos técnicos.*

46 O sítio

O dono de um pequeno comércio, amigo do grande poeta Olavo Bilac, abordou-o na rua: *"– Amigo Bilac, estou precisando vender o meu sítio, que você tão bem conhece. Poderia redigir o texto de um anúncio para jornal?"*

O poeta, prontamente, atendeu ao amigo e assim escreveu:

"Vende-se encantadora propriedade, cortada por cristalinas e marejantes águas de um ribeiro, onde pássaros cantam ao amanhecer no extenso arvoredo. A casa, banhada pelo sol nascente, oferece a sombra tranqüila das tardes, na varanda."

Meses, depois, o poeta reencontra o amigo e pergunta-lhe se havia vendido o sítio.

"– Nem pense mais nisso!" Disse o homem. *"– Quando li o anúncio, é que percebi a maravilha que tinha."*

☑ *Objetivo*

Ressaltar a importância dos nossos bens pessoais, valorizar aquilo que temos.

☑ *Sugestão de Aplicação*

Pode-se dividir em pequenos grupos e o facilitador pedir que sejam feitos anúncios de venda para objetos de uso pessoal dos participantes. Depois, avaliar o melhor anúncio e discutir acerca do valor e importância das nossas posses, aquilo que conquistamos e construímos.

☑ *Aprendizado*

◆ "NÃO TENHO TUDO QUE AMO, MAS AMO TUDO O QUE TENHO!

Às vezes, não nos apercebemos e descobrimos as coisas boas que temos conosco e vamos longe, atrás da miragem de falsos tesouros. Valorize o que você tem: pessoas, bens, momentos.

47 Construindo pontes

DOIS irmãos que moravam em fazendas vizinhas, separadas apenas por um riacho, entraram em conflito. Foi a primeira grande desavença em toda uma vida de trabalho lado a lado. Mas, agora, tudo havia mudado. O que começou com um pequeno mal entendido, finalmente explodiu numa troca de palavras ríspidas, seguidas por semanas de total silêncio.

Numa manhã, o irmão mais velho ouviu baterem em sua porta. Foi atender e deparou-se com um homem que falou: "*– Estou procurando trabalho. Talvez você tenha algum serviço para mim.*"

"*– Sim, claro!*" Disse o fazendeiro. "*– Você está vendo aquela fazenda ali, além do riacho? É do meu vizinho. Na realidade, do meu irmão mais novo. Nós brigamos e não posso mais suportá-lo. Toda aquela madeira que está ali no celeiro, quero que você use para construir uma cerca bem alta.*"

"*– Acho que entendo a situação.*" Disse o homem. "*– Mostre-me onde estão as ferramentas e o material necessário para a tarefa.*" O fazendeiro providenciou o material pedido e disse que precisaria se ausentar por uns dias a negócio. Quando chegasse, queria ver a cerca totalmente pronta.

Assim, o homem ficou ali cortando, medindo, trabalhando, dia após dia. Quando o fazendeiro chegou, não acreditou no que viu: ao invés da cerca, uma ponte foi construída, ligando as duas margens do riacho. Era, com certeza, um belo trabalho, mas o fazendeiro ficou muito enfurecido e disse: "*– Você foi atrevido construindo essa ponte, depois de tudo o que lhe contei!*" Mas, as surpresas não pararam aí. Ao olhar novamente para a ponte, viu o seu irmão se aproximando de braços abertos. Por um instante, permaneceu imóvel do seu lado do rio.

Então, o irmão mais novo falou: "*– Você foi realmente muito amigo, construindo esta ponte, mesmo depois do que eu lhe disse.*"

De repente, num impulso, o irmão mais velho correu na direção do outro e abraçaram-se, chorando no meio da ponte. O homem, que fez a ponte, partiu, feliz.

"*– Espere, fique conosco! Tenho outros trabalhos para você.*"

O homem respondeu: "– *Eu adoraria, mas tenho outras pontes para construir...*"

☑ *Objetivo*

História apropriada para workshops, treinamentos, palestras sobre *Relações Interpessoais.*

☑ *Sugestão de Aplicação*

Ideal para início ou fechamento de eventos, onde o facilitador esteja trabalhando relações humanas. Como sugestão, conte essa história após aplicar a dinâmica **"Posso Entrar?"**, *"S.O.S. Dinâmica de Grupo" – página 37 – Qualitymark Editora – Albigenor & Rose Militão.*

☑ *Aprendizado*

◆ ESCOLHA CONSTRUIR PONTES NOS SEUS RELACIONAMENTOS!

No seu dia-a-dia, você constrói cercas, isolando-se das pessoas? Ou constrói pontes? Já pensou como as coisas seriam mais fáceis se passássemos de construir pontes com nossos familiares, amigos, colegas de trabalho e até com nossos inimigos! O que você está esperando?

48 O cachorrinho esperto

UM cachorrinho, perdido na selva, vê um tigre correndo em sua direção. Pensa rápido, vê uns ossos no chão e se põe a mordê-los.

Então, quando o tigre está prestes a atacá-lo, o cachorrinho começa a falar bem alto: "*– Ah! Que delícia este tigre que acabo de comer!*"

O tigre pára bruscamente, dá meia volta e sai apavorado, correndo com medo do cachorrinho. *"Que cachorro bravo! Por pouco não come a mim também."*

Um macaco, que havia visto a cena, sai correndo atrás do tigre e conta como ele havia sido enganado pelo cachorrinho. *"– Maldito cachorro!" Brada o tigre. "– Ele vai me pagar!"*

Quando o cachorrinho estava bem tranqüilo, avista o tigre vindo em sua direção, com cara de poucos amigos e o com o macaco em suas costas. *"Ah... macaco traidor! O que faço agora?"*

Em vez de sair correndo, o cachorrinho ficou de costas, como se não estivesse vendo nada. Quando o tigre está pronto para atacá-lo de novo, o cachorrinho diz, bem alto: *"– Macaco preguiçoso! Faz meia hora que eu o mandei me trazer um outro tigre e ele ainda não voltou!"*

☑ *Objetivo*

Chamar a atenção para a criatividade, imaginação. Não subestimar sua capacidade, ser ousado, acreditar.

☑ *Sugestão de Aplicação*

Apenas conte essa história quando sentir, no grupo, pessoas verbalizarem que não conseguem, tudo está difícil, não há solução, não podem fazer nada.

Essa historinha, além de divertida, é ótima para despertar, acordar, sacudir a capacidade criativa do seu grupo. Sucesso!!!

☑ *Aprendizado*

◆ NA CRISE, A CRIATIVIDADE AFLORA.

A Bíblia diz que, na hora da angústia, se te mostras frouxo, será mais difícil suportar a dor. Einstein, também, fala que, em momentos de crise, só a imaginação é mais importante que o conhecimento.

49 O carpinteiro

O velho carpinteiro já estava cansado de tanto construir casas de madeira! Suas casas sempre foram tidas como as melhores, verdadeiras obras-primas. Comunicou ao proprietário da empresa o seu desejo de se aposentar. Queria, mesmo, era ficar mais tempo com a família, aproveitar o tempo que lhe restava. É certo que iria sentir falta dos colegas de trabalho e do ambiente da empresa, mas já estava na hora de largar o serviço de carpintaria.

O proprietário da empresa lamentou ao saber que perderia um de seus melhores funcionários e pediu que ele construísse uma última casa, como favor especial. O patrão ainda lhe disse que ele poderia escolher o modelo, o tamanho, o tipo do material – tudo ao seu critério. O carpinteiro cedeu ao pedido do patrão, mas seu coração já não estava mais comprometido com aquele trabalho. Na verdade, ele se sentia, naquele momento, injustiçado. Logo agora, ele teria que fazer mais uma casa... Será possível que não tenha outros carpinteiros aqui?

A contragosto, iniciou a construção da casa. Para isso, utilizou mão-de-obra e matéria-prima de qualidade inferior. Quando terminou a casa – mais rápido do que o seu habitual –, o proprietário veio inspecionar a obra e lhe disse: *"– Esta casa, que você acabou de construir, é sua. É o meu presente pra você!"*

Que choque, que vergonha! Se ele soubesse que estava construindo a sua própria casa, teria feito o melhor.

☑ *Objetivo*

Essa história deve ser aplicada quando o facilitador quiser reforçar conceitos da Qualidade. Fazer o melhor – sempre.

☑ *Sugestão de Aplicação*

Após contar a história, o facilitador divide o grupo em subgrupos e entrega, para cada um, diversos objetos. Solicitar que enumerem as melhorias que aquele objeto necessita *(escova de dentes, cadeira, roupas, etc.)*.

Outra sugestão é deixar os grupos olharem objetos da sala e elaborarem sugestões de melhoria.

☑ *Aprendizado*

◆ FAÇA CORRETO E BEM FEITO NA PRIMEIRA VEZ.

Fazer correto e bem feito, desde a primeira vez. Jamais baixar a guarda. A vida é um projeto de nós mesmos.

Costumamos, no dia-a-dia, não nos empenharmos para fazer o melhor. Pense em você como carpinteiro: você está fazendo o melhor?

50 O sapinho e a cobrinha

ERA uma vez um sapinho que encontrou um bicho comprido, fino, brilhante e colorido, deitado no caminho.

"– Olá! O que você está fazendo estirada nessa estrada?"

"– Oi! Eu estou me esquentando aqui no sol. Eu sou uma cobrinha. E você?"

"– Eu sou um sapo. Vamos brincar? Vou ensinar você a pular."

"– Ah! Eu vou ensinar você a subir em árvores e deslizar pelo tronco."

O sapinho e a cobrinha passaram uma deliciosa tarde na companhia um do outro. Ficaram com fome e foram embora, cada um para sua casa. Antes da despedida, prometeram se encontrar no dia seguinte, para outra gostosa tarde de brincadeiras.

"*– Obrigado por me ensinar a pular!*" Agradeceu a cobrinha.

"*– Obrigado por me ensinar a subir em árvore!*" Agradeceu, por sua vez, o sapinho.

Quando chegou em casa, o sapinho estava radiante e foi logo mostrando à mãe que sabia rastejar. "*– Quem lhe ensinou isso!?*" Ele respondeu; "*– Foi a minha amiga cobra.*"

A mãe, indignada, brigou com o filho, dizendo: "*– Você está proibido de se encontrar, de novo, com essa cobra. As cobras não são gente boa, são traiçoeiras. A família de sapos não pode falar com cobras. Nunca mais quero ver você rastejando por aí.*"

Em casa, a cobrinha foi pular. Contente, pediu que seu pai visse. O pai, desesperado, perguntou que loucura era aquela. Nunca viu coisa mais feia. Imagine uma cobra pular! "*– Onde você aprendeu isso?*" A cobrinha respondeu: *– Foi com meu amiguinho sapo. Ele é maravilhoso!*" Então, o pai retruca: "*– Que besteira é essa, menina! Você não sabe que a gente nunca se deu com a família dos sapos? Da próxima vez, agarre o sapo e engula ele todinho. Sapo é uma refeição deliciosa. E pare de pular. Cobras não pulam.*"

Na tarde do dia seguinte, o sapo e a cobrinha mal se olharam. Cada um ficou na sua. A cobrinha olhou para o sapo e pensou nos conselhos do pai. "*Se ele chegar perto, eu pulo e devoro.*" Mas, lembrou-se da alegria da tarde anterior: dos pulos que deu, do prazer da companhia do sapinho. Suspirou, triste, e deslizou para o mato.

Daquele dia em diante, o sapinho e a cobrinha não brincaram mais juntos. Mas, ficavam sempre no sol, pensando no único dia em que foram amigos.

☑ *Objetivo*

Excelente fábula para enfatizar preconceitos, dificuldades de conviver com o diferente.

☑ *Sugestão de Aplicação*

Para grupos de pais, crianças, adolescentes, jovens, se o propósito for mesmo o de trabalhar preconceito e discriminação.

Após essa história, passe para o grupo algum trecho de filme sobre holocausto dos judeus, ciganos, etc. Outra opção é dividir o grupo *(se for até quarenta pessoas)* e colocar à disposição revistas, cola, tesoura, para que recortem gravuras ou reportagens e façam cartazes que falem sobre discriminação.

☑ *Aprendizado*

◆ VOCÊ TEM PRECONCEITO?

Como os pais têm educado seus filhos? Como têm lidado com a convivência com o diferente? Não ajude, não reparta, tire vantagens, seja o melhor, ganhe sempre!

Que tipo de sociedade estamos ajudando a construir através da nossa geração?

Para os jovens:

Quem são seus amigos? Você tem algum que seja diferente do seu nível social, intelectual, física, religioso? Como anda sua tolerância para com aqueles que têm um estilo de vida diferente da sua? Qual o seu comportamento na convivência com o diferente?

Parte 2

ENRIQUEÇA SUA HISTÓRIA

Esta parte do livro não contém histórias. Mas, preciosidades que podem se transformar em belas histórias. São reflexões, textos, poemas, sátiras, letras de música, momentos de inspiração de pessoas, que, certamente, poderão lhes ser úteis em seus trabalhos grupais. Alguns textos nós adaptamos, outros copiamos em sua íntegra e outra parte foi do nosso cultivo diário. Foram de grande valia os encaminhamentos via e-mail, de tantos amigos, alunos e, também, de pessoas que, sem saberem, possibilitaram ricos aprendizados para nós.

1 Bênção

Extraído e adaptado do site Yahoo!

"O Senhor te abençoe e te guarde. O Senhor faça resplandecer o seu rosto sobre ti e tenha misericórdia de ti. O Senhor sobre ti levante o seu rosto e te dê a PAZ.
" Números 6:24-26.

QUE o Senhor esteja à tua frente para te mostrar o caminho certo.
Que o Senhor esteja ao teu lado para te abraçar e te proteger.
Que o Senhor esteja atrás de ti, para evitar que homens maus te armem ciladas;
Que o Senhor esteja junto de ti para te amparar quando caíres.
Que o Senhor esteja dentro de ti, para te consolar quando estiveres triste.
Que o Senhor esteja acima de ti para abençoar-te!
Assim, te abençoes e te proteja O misericordioso Deus Pai, Filho e Espírito Santo. Amém!

2 Mude

Clarice Lispector

MUDE. Mas comece devagar,
Porque a direção é mais importante
Que a velocidade.

Sente-se em outra cadeira, no outro lado da mesa.
Mais tarde, mude de mesa.

Quando sair, procure andar pelo outro lado da rua.
Depois, mude de caminho, ande por outras ruas, calmamente, observando com atenção os lugares por onde você passa.

Tome outro ônibus. Mude por uns tempos o estilo das roupas.
Dê os seus sapatos velhos. Procure andar descalço alguns dias.

Tire uma tarde inteira para passear livremente na praia, ou no parque, e ouvir o canto dos passarinhos.

Veja o mundo de outras perspectivas...
Abra e feche as gavetas e portas com a mão esquerda.

Durma no outro lado da cama...
Depois, procure dormir em outras camas.

Assista a outros programas de TV, compre outros jornais, leia outros livros, viva outros romances.

Não faça do hábito um estilo de vida. Ame a novidade
Durma mais tarde. Durma mais cedo.

Aprenda uma palavra nova por dia. Nunca outra língua.

Corrija a postura. Coma um pouco menos, escolha comidas diferentes, novos temperos, novas cores, novas delícias.

Tente o novo todo dia. O novo lado, o novo método, o novo sabor, o novo jeito, o novo prazer, o novo amor, a nova vida.

Tente. Busque novos amigos. Tente novos amores.
Faça novas relações.

Almoce em outros locais, vá a outros restaurantes, tome outro tipo de bebida, compre pão em outra padaria. Almoce mais cedo, jante mais tarde ou vice-versa.

Escolha outro mercado... Outra marca de sabonete,
Outro creme dental... Tome banho em novos horários.

Use canetas de outras cores. Vá passear em outros lugares.
Ame muito, cada vez mais, de modos diferentes.

Troque de bolsa, de carteira, de malas, troque de carro, compre novos óculos, escreva poesias.

Jogue os velhos relógios, quebre delicadamente esses horrorosos despertadores.

Abra conta em outro banco. Vá a outros cinemas, outros cabeleireiros, outros teatros, visite novos museus.

Mude. Lembre-se de que a vida é uma só.
E pense seriamente em arrumar um outro emprego, ter uma nova ocupação. Faça seu trabalho mais *light*, mais prazeroso, mais digno, mais humano.

Se você não encontrar razões para ser livre, invente-as.
Seja criativo.

E aproveite para fazer uma viagem despretensiosa, longa. Se possível, sem destino.

Experimente coisas novas. Troque novamente.
Mude, de novo. Experimente outra vez.

Você certamente conhecerá coisas melhores e coisas piores do que as já conhecidas, mas não é isso o que importa. O mais importante é a mudança, o movimento, o dinamismo, a energia. Só o que está morto não muda!
Repito por pura alegria de viver: a salvação é pelo risco, sem o qual a vida não vale a pena!

3 A morte devagar

Martha Medeiros

...QUE ao menos evitemos a morte em suaves prestações.

Morre lentamente quem não troca de idéias, não troca de discurso, evita as próprias contradições.

Morre lentamente quem vira escravo do hábito, repetindo todos os dias o mesmo trajeto e as mesmas compras no supermercado.

Quem não troca de marca, não arrisca vestir uma cor nova, não dá papo para quem não conhece.

Morre lentamente quem faz da televisão o seu guru e seu parceiro diário. Muitos não podem comprar um livro ou uma entrada no cinema, mas muitos podem, e ainda assim, alienam-se diante de um tubo de imagens que traz informação e entretenimento, mas que não deveria, mesmo com apenas quatorze polegadas, ocupar tanto espaço em uma vida.

Morre lentamente quem evita uma paixão, quem prefere o preto no branco e os pingos nos *"is"* a um turbilhão de emoções indomáveis, justamente as que resgatam o brilho nos olhos, sorrisos e soluços, coração aos tropeços, sentimentos.

Morre lentamente quem não vira a mesa quando está infeliz no trabalho, quem não arrisca o certo pelo incerto atrás de um sonho, quem não se permite, uma vez na vida, fugir dos conselhos sensatos.

Morre lentamente quem não viaja, não lê, quem não ouve música. Quem não acha graça de si mesmo.

Morre lentamente quem não destrói seu amor – próprio. Pode ser depressão, que é doença séria e requer ajuda profissional. Então fenece a cada dia quem não se deixa ajudar.

Morre lentamente quem não trabalha e quem não estuda. Quem passa os dias queixando-se da má sorte ou da chuva incessante, desistindo de um projeto antes de iniciá-lo, não perguntando sobre um assunto que desconhece e não respondendo quando lhe indagam o que sabe.

Morre muita gente lentamente. E esta é a morte mais ingrata e traiçoeira, pois, quando ela se aproxima, de verdade, aí já estamos muito destreinados para percorrer o pouco tempo restante.

Que amanhã, portanto, demore muito para ser o nosso dia. Já que não podemos evitar um final repentino, que, ao menos, evitemos a morte em suaves prestações, lembrando, sempre, que estar vivo exige um esforço bem maior do que, simplesmente, respirar.

4 A urgência de viver

Rabino Henry Sobel

"O que você fez hoje é muito importante, porque você está trocando um dia de sua vida por isso."

ESPERAMOS demais para fazer o que precisa ser feito, num mundo que só nos dá um dia de cada vez, sem nenhuma garantia do amanhã. Enquanto lamentamos que a vida é curta, agimos como se tivéssemos à nossa disposição um toque inesgotável de tempo.

Esperamos demais para dizer as palavras de perdão que devem ser ditas, para por de lado os rancores que devem ser expulsos, para expressar gratidão, para dar ânimo, para oferecer consolo. Esperamos demais para ser espontâneos.

Esperamos demais para ser pais de nossos filhos pequenos, esquecendo quão curto é o tempo em que eles são pequenos, quão depressa a vida os faz crescer e ir embora.

Esperamos demais para dar carinho aos nossos pais, irmãos e amigos. Quem sabe quão logo será tarde demais?

Esperamos demais para ler os livros, ouvir as músicas, ver os quadros que estão esperando para alargar nossa mente, enriquecer nosso espírito e expandir nossa alma.

Esperamos demais para enunciar as preces que estão esperando para atravessar nossos lábios, para executar as tarefas que estão esperando para serem cumpridas, para demonstrar o amor que, talvez, não seja mais possível amanhã.

Esperamos demais nos bastidores, quando a vida tem um papel para desempenhar no palco.

Deus também está esperando nós pararmos de esperar. Esperando que comecemos a fazer, agora, tudo aquilo para o qual este dia e esta vida nos foram dados.

5 O paradoxo do nosso tempo

PARADOXO do nosso tempo, na História, é que temos edifícios mais altos, porém pavios mais curtos; auto-estradas mais largas, porém pontos de vista mais estreitos; gastamos mais, porém temos menos; nós compramos mais, no entanto, desfrutamos menos.

Temos casas maiores, famílias menores, mais conveniências, porém menos tempo; temos mais graus acadêmicos, mas menos senso; mais conhecimento e menos poder de julgamento... mais proficiência, porém mais problemas; mais medicina, mas menos saúde.

Bebemos demais, fumamos demais, gastamos de forma perdulária, rimos de menos, dirigimos rápido demais, irritamo-nos muito facilmente, ficamos acordados até tarde, acordamos cansados demais. Raramente paramos para ler um livro, ficamos tempo demais diante da TV e, raramente, oramos.

Multiplicamos nossas posses, mas reduzimos nossos valores. Falamos demais, amamos raramente e odiamos mais.

Aprendemos como ganhar a vida, mas não vivemos essa vida. Adicionamos anos à extensão de nossas vidas, mas não vida à extensão de nossos anos.

Já fomos à Lua e dela voltamos, mas temos dificuldade em atravessar a rua e nos encontrarmos com nosso novo vizinho.

Conquistamos o espaço exterior, mas não nosso espaço interior. Fizemos coisas maiores, mas não coisas melhores. Limpamos o ar, mas poluímos a alma. Dividimos o átomo, mas não nossos preconceitos.

Escrevemos mais, mas aprendemos menos. Planejamos mais, mas realizamos menos. Aprendemos a correr contra o tempo, mas não a esperar com paciência.

Temos maiores rendimentos, mas menor padrão moral. Temos mais comida, mas menos apaziguamento. Construímos mais computadores para armazenar mais informações, para produzir mais cópias do que nunca, mas temos menos comunicação.

Tivemos avanços na quantidade, mas não em qualidade. Esses são tempos de refeições rápidas e digestão lenta; de homens altos e caráter baixo; lucros expressivos, mas relacionamentos rasos. Esses são tempos em que se almeja paz mundial, mas perdura a guerra nos lares; temos mais lazer, porém menos diversão; maior variedade de comidas, mas menos nutrição. São dias de duas fontes de renda, mas de mais divórcios; de residências mais belas, no entanto, lares quebrados.

Vivemos dias de viagens rápidas, fraldas descartáveis, moralidade também descartável, ficada de uma só noite, corpo acima do peso e pílulas que fazem de tudo: alegrar, aquietar, matar. É tempo em que há muito na vitrine e nada no estoque; um tempo em que a tecnologia pode levar-lhe estas palavras e você poder escolher entre fazer alguma diferença, ou, simplesmente, apertar a tecla *del*.

6 É tempo de mudar

...E perguntaram para Deus: *"– Senhor, o que mais Lhe intriga nos seres humanos?"*

DEUS respondeu:

"Eles se fartam de ser crianças, têm pressa por crescer e, depois, suspiram por voltar a ser crianças.

Primeiro, perdem a saúde para ter dinheiro e, logo em seguida, perdem o dinheiro para ter saúde.

Pensam tão ansiosamente no futuro que descuidam do presente e, assim, nem vivem o presente, nem o futuro.

Vivem como se fossem morrer e morrem como se não tivessem vivido!

Você ainda tem tempo para acertar sua vida, todos os dias quando você acorda e recebe o mais belo de todos os presentes: a dádiva da vida!

DEUS lhe deu e você a administra. Portanto, faça com que realmente valha a pena.

7 Algo para se pensar

Nelson Mandela (extraído do seu discurso de posse, em 1994)

NOSSO maior medo não é o de sermos inadequados. Nosso maior medo é o de sermos poderosos além da medida.

É nossa luz, não nossa escuridão, o que mais nos apavora. Perguntamos a nós mesmos: *"Quem sou eu para ser brilhante, esplêndido, talentoso e fabuloso?"* Na verdade, por que você não seria?

Você é um filho de Deus. Bancar o pequeno não serve ao mundo. Nada nos esclarece no sentido de nos diminuirmos, para que outras pessoas não se sintam inseguras em torno de nós.

Nascemos para tornar manifesta a glória de Deus que está dentro de nós. Ela não está em alguns de nós; está em todos nós. E quando deixamos nossa própria luz brilhar, inconscientemente damos a outras pessoas permissão para fazer o mesmo.

Quando nos libertamos de nosso próprio medo, nossa presença automaticamente liberta outros.

8 Pai nosso

Uma reflexão em cima do texto original de Jesus

SERÁ inútil dizer *"Pai Nosso"*, se em minha vida não ajo como filho de Deus, fechando o meu coração ao amor.

Será inútil dizer *"que estais no céu"*, se os meus valores são representados pelos bens da Terra.

Será inútil dizer *"santificado seja o Vosso nome"*, se penso apenas em ser cristão por medo, comodismo e superstição.

Será inútil dizer *"venha a nós o Vosso reino"*, se acho tão sedutora a vida aqui, cheia de supérfluos e futilidades.

Será inútil dizer *"seja feita Tua vontade, assim na terra como no céu"*, se, no fundo, desejo mesmo é que todos meus desejos se realizem.

Será inútil dizer *"perdoai as nossas ofensas, assim como nós perdoamos a quem nos tem ofendido"*, se não importo em ferir, oprimir, injustiçar e magoar os que atravessam o meu caminho.

Será inútil dizer *"livrai-nos do mal"*, se, por minha própria vontade, procuro os prazeres materiais e tudo o que é proibido me seduz.

Será inútil dizer *"Amém"*, porque sei que sou assim, continuo me omitindo e nada faço para me modificar.

9 Para que serve um amigo?

Para rachar a gasolina, emprestar a prancha, recomendar um disco, dar carona para uma festa, passar cola, caminhar no shopping, segurar a barra.

Todas as alternativas estão corretas, porém isso não basta para guardar um amigo do lado esquerdo do peito.

Milan Kundera, escritor tcheco, escreveu, em seu livro, *"A Identidade"*, que a amizade é indispensável para um bom funcionamento da memória e para a integridade do próprio eu. Chama os amigos de testemunhas do passado e diz que eles são nosso espelho, que, através deles, podemos nos olhar. Vai além e diz que *"toda amizade é uma aliança contra a adversidade, aliança sem a qual o ser humano ficaria desarmado contra seus inimigos"*.

Verdade verdadeira: amigos recentes custam a perceber essa aliança, não valorizam ainda o que está sendo contraído. São amizades não testadas pelo tempo, não se sabe se enfrentarão com solidez as tempestades ou se serão varridas numa chuva de verão.

Um amigo não racha apenas a gasolina: racha lembranças, crises de choro, experiências. Racha a culpa, racha segredos. Um amigo não empresta apenas a prancha. Empresta o verbo, empresta o ombro, empresta o tempo, empresta o calor e a jaqueta.

Um amigo não recomenda apenas um disco. Recomenda cautela, recomenda um emprego, recomenda um país.

Um amigo não dá carona apenas para a festa. Te leva para o mundo dele, e topa conhecer o teu.

Um amigo não passa apenas cola. Passa contigo um aperto, passa juntos um reveillon. Um amigo não caminha apenas no shopping. Anda em silêncio na dor, entra contigo em campo, sai do fracasso ao teu lado.

Um amigo não segura a barra apenas. Segura a mão, a ausência, segura uma confissão, segura o tranco, palavrão, segura o elevador. Duas dúzias de amigos assim ninguém tem. Se tiver um, amém!

Obrigado por sua amizade! Você é muito importante para mim!

10 O farmacêutico e o menino

JOÃO era dono de uma farmácia, numa cidade do interior. Era um homem bastante inteligente, mas não acreditava na existência de Deus ou qualquer outra coisa além do seu mundo material.

Um certo dia estava ele fechando a farmácia quando chegou uma criança, aos prantos, dizendo que sua mãe estava passando mal e que se ela não tomasse o remédio logo, iria morrer.

Muito nervoso e após a insistência da criança, resolveu reabrir a farmácia pra pegar o remédio. Sua insensibilidade perante aquele momento era tal que acabou pegando o remédio, mesmo no escuro, entregou-o à criança, que agradeceu e saiu dali às pressas.

Minutos depois percebeu que havia entregado o remédio errado para criança e, se aquela mãe o tomasse, seria morte instantânea. Desesperado, tentou alcançar a criança, mas não teve êxito. Sem saber o que fazer e com a consciência pesada, ajoelhou-se, começou a chorar e dizer que se realmente existia um Deus que não o deixasse passar por assassino.

De repente, sentiu uma mão a tocar-lhe o ombro. Ao virar, deparou-se com a criança a dizer: *"Senhor, por favor, não brigue comigo, mas é que eu caí e quebrei o vidro do remédio... Dá pro senhor me dar outro?"*

Coincidência ou providência? Você decide.

11 Salmo 23

Uma interpretação do texto original "Salmo 23", de Davi

O Senhor é meu Pastor – *isso é uma revelação.*

Nada me faltará – *isso é provisão.*

Ele me faz repousar em pastos verdejantes – *isso é serenidade.*

Leva-me para junto de águas tranqüilas – *isso é fé.*

Refrigera-me a alma – *isso é saúde.*

Guia-me pelas veredas de Justiça – *isso é direção.*

Por amor do Seu nome – *isso é propósito.*

Ainda que eu ande pelo vale da sombra da morte – *isso é provação.*

Não temerei mal nenhum – *isso é proteção.*

Porque Tu estás comigo – *isso é fidelidade.*

Teu bordão e o Teu cajado me consolam – *isso é disciplina.*

Preparas-me uma mesa na presença de meus adversários – *isso é esperança.*

Unges-me a cabeça com óleo – *isso é consagração.*

Meu cálice transborda – *isso é abundância.*

Bondade e misericórdia, certamente me seguirão todos os dias da minha vida – *isso é bênção.*

E habitarei na Casa do Senhor – *isso é segurança.*

Para todo o sempre – *isso é eternidade.*

12 Riscos

RIR é correr o risco de parecer tolo.

Chorar é correr o risco de parecer sentimental.

Estender a mão é correr o risco de se envolver.

Expor seus sentimentos é correr o risco de mostrar seu verdadeiro eu.

Defender seus sonhos e idéias, diante de uma multidão, é correr o risco de perder as pessoas.

Amar é correr o risco de não ser correspondido.

Viver é correr o risco de morrer.

Confiar é correr o risco de se decepcionar.

Tentar é correr o risco de fracassar.

Mas os ricos devem ser corridos, porque o maior perigo é não arriscar nada.

As pessoas que não correm nenhum risco, não fazem nada, não têm nada e não são nada. Elas podem até evitar sofrimentos e desilusões, mas não conseguem nada, não sentem, não mudam, não crescem, não amam, não vivem.

Acorrentadas por suas atitudes, elas viram escravas, privam-se de sua própria liberdade.

A pessoa que corre riscos é livre.

13 Desejo a você...

Carlos Drummond de Andrade

FRUTO do mato, cheiro de jardim, namoro no portão, domingo sem chuva, segunda sem mau humor, sábado com seu amor, filme do Carlitos, chope com amigos, crônica de Rubem Braga, viver sem inimigos, filme antigo na TV, ter uma pessoa especial e que ela goste de você.

Música de Tom com letra de Chico, frango caipira em pensão do interior, ouvir uma palavra amável, ter uma surpresa agradável, ver a banda passar.

Noite de lua cheia, rever uma velha amizade, ter fé em Deus... Não ter que ouvir a palavra *não* nem *nunca*, nem *jamais* e *adeus*.

Rir como criança, ouvir canto de passarinho, sarar de resfriado, escrever um poema de amor, que nunca será rasgado.

Formar um par ideal, tomar banho de cachoeira, pegar um bronzeado legal, aprender uma nova canção... Esperar alguém na estação.

Queijo com goiabada, pôr-do-sol na roça... Uma festa, um violão, uma seresta. Recordar um amor antigo, ter um ombro sempre amigo, bater palmas de alegria.

Uma tarde amena, calçar um velho chinelo, sentar numa velha poltrona, tocar violão para alguém, ouvir a chuva no telhado, vinho branco, Bolero de Ravel e...

...muito carinho meu.

14 Pessoas estrelas e pessoas cometas

Wilson João

Os cometas passam. Apenas são lembrados pelas datas que passam e retornam.

As estrelas permanecem. O sol permanece. Passam-se anos, milhões de anos e as estrelas permanecem.

Os cometas desaparecem. Passam pela vida da gente apenas por instantes: gente que não prende ninguém e que ninguém se prende, gente sem amigos.

Importante é ser estrela. Permanecer. Estar presente. Ser luz, ser calor, ser vida. Amigo é ser estrela. Podem passar anos, podem surgir distâncias, mas a marca fica no coração. Coração que não quer enamorar-se de cometas, que apenas atraem olhares passageiros.

Ser cometa é ser amigo e companheiro por um instante, e explorar os sentimentos humanos. A solidão de muitas pessoas é conseqüência de não poder contar com alguém. A solidão é resultado de uma vida de cometa. Ninguém fica.

Há necessidade de criar um mundo de estrelas. Todos os dias poder contar com elas, todos os dias ver a luz e sentir seu calor. Assim são os amigos estrelas na vida da gente.

Pode-se contar com eles. Eles são presença. São coragem nos momentos de tensão. São luz nos momentos escuros. São segurança nos momentos de desânimo.

Ser estrela, neste mundo passageiro, neste mundo cheio de pessoas cometas, é um desafio, mas, acima de tudo, uma recompensa.

É nascer e ter vivido e não apenas existir.

15 Aproveite o momento!

UM amigo me contou a seguinte história: determinado homem abriu a gaveta da cômoda da sua esposa e percebeu um pequeno pacote embrulhado com papel de seda. Pegou-o e pensou: *"Isto não é um simples pacote."*

Tirou o papel que o envolvia e observou a bonita seda e a caixa. Continuou a pensar: *"Ela comprou isto na primeira vez em que fomos à Nova York, há uns oito ou nove anos. Nunca o usou. Com certeza, estava guardando para uma ocasião especial. Bem, creio que esta é a ocasião."* Aproximou-se da cama e colocou o pacote junto com as outras roupas que ia levar para a funerária. A esposa tinha acabado de morrer.

"Não guardes nada para uma ocasião especial. Cada dia que se vive é uma ocasião especial". Ainda estou a pensar que estas palavras já mudaram a minha vida. Agora estou a ler mais e a limpar menos.

Costumo sentar-me no terraço e admirar a vista sem me preocupar com as pragas. Passo mais tempo com a minha família e menos tempo no trabalho. Compreendi que a vida deve ser uma fonte de experiências a desfrutar, não para sobreviver. Já não guardo nada. Uso os copos de cristal todos os dias. Se me der vontade ponho uma roupa nova para ir ao supermercado.

Já não guardo meu melhor perfume para ocasiões especiais, uso-o quando tenho vontade. As frases *"algum dia..."* e *"qualquer dia..."* já desapareceram do meu vocabulário. Se vale a pena ver, escutar ou fazer, quero ver, escutar ou fazer agora.

Não sei o que teria feito a esposa daquele homem se soubesse que não estaria aqui na próxima manhã, coisa que todos nós ignoramos. Creio que teria chamado seus familiares e amigos mais próximos. Talvez chamasse alguns amigos antigos para desculpar-se e fazer as pazes por possíveis desgostos do passado. Gosto de pensar que teria ido comer comida chinesa, sua favorita.

São estas pequenas coisas, deixadas por fazer, que me fariam desgostoso se eu soubesse que minhas horas estão limitadas.

Desgostoso, porque deixaria de ver amigos com quem iria encontrar. Cartas que pensava escrever *"qualquer dia destes"*. Desgostoso e triste, porque não disse a meus irmãos e aos meus filhos, com suficiente freqüência, que os amo.

Agora, trato de não atrasar, adiar ou guardar nada que traria risos e alegria para nossas vidas. E, a cada manhã, digo a mim mesmo que este pode ser um dia especial.

Cada dia, cada hora, cada minuto, é especial.

16 Receita de ano novo

Carlos Drummond de Andrade

Para você ganhar um belíssimo ano novo, cor de arco-íris, ou da cor da sua paz, Ano Novo sem comparação com todo o tempo já vivido – mal vivido talvez ou sem sentido.

Para você ganhar um ano, não apenas pintando de novo, remendado às carreiras, mas novo nas sementinhas do vir a ser novo, até no coração das coisas menos percebidas – a começar pelo seu interior.

Novo, espontâneo, que de tão perfeito nem se nota, mas com ele se come, se passeia, se ama, se compreende, se trabalha.

Você não precisa beber *champanhe* ou qualquer outra birita, não precisa expedir nem receber mensagens – planta recebe mensagem? Passa telegrama? Não precisa fazer lista de boas intenções, para arquivá-las na gaveta.

Não precisa chorar de arrependido, pelas besteiras consumadas, nem parvamente acreditar que, por decreto da esperança, a partir de janeiro as coisas mudem e seja tudo claridade, recompensa, justiça entre os homens e as nações, liberdade com cheiro e gosto de pão matinal, direitos respeitados, começando pelo direito augusto de viver.

Para ganhar um Ano Novo que mereça este nome, você tem de merecê-lo, tem de fazê-lo de novo. Eu sei que não é fácil, mas tente, experimente, consciente.

É dentro de você que o Ano Novo cochila e espera desde sempre.

17 Um dia você aprende

William Shakespeare

DEPOIS de algum tempo você aprende a diferença, a sutil diferença entre dar a mão e acorrentar a alma. Aprende que não significa apoiar-se, e que companhia nem sempre significa segurança.

E começa a aprender que beijos não são contratos e presentes não são promessas. Começa a aceitar suas derrotas com cabeça erguida e olhos adiante, com a graça de um adulto e não com a tristeza de uma criança.

Depois de um tempo você aprende que o sol queima se ficar exposto por muito tempo. E aprende que não importa o quanto você se importe, algumas pessoas simplesmente não se importam... E aceita que não importa quão boa seja uma pessoa, ela vai feri-lo de vez em quando e você precisa perdoá-la por isso.

Aprende que falar pode aliviar dores emocionais. E aprende a construir todas as suas estradas no hoje, porque o terreno do amanhã é incerto demais para os planos, e o futuro tem o costume de cair em meio ao vão.

Descobre que se levam anos para se construir confiança e apenas segundos para destruí-la. Que você pode fazer coisas em um instante, das quais se arrependerá pelo resto da vida.

Aprende que verdadeiras amizades continuam a crescer, mesmo a longa distância. E o que importa não é o que você tem na vida, mas quem você tem na vida. E que bons amigos são a família que nos permitiram escolher.

Aprende que não temos que mudar de amigos, se compreendermos que os amigos mudam... Aprende a perceber que seu melhor amigo e você podem fazer qualquer coisa, ou nada, e terem bons momentos juntos.

Descobre que as pessoas com quem você mais se importa na vida, são tomadas de você muito depressa, por isso, sempre devemos tratar as pessoas que amamos com palavras amorosas. Pode ser a última vez que as vejamos.

Aprende que as circunstâncias e os ambientes têm influência sobre nós, mas... nós somos responsáveis por nós mesmos.

Começa a aprender que não se deve comparar com os outros, mas com o melhor que se pode ser. Descobre que se leva muito tempo para se tornar a pessoa que quer ser, e que o tempo é curto.

Aprende que não importa aonde já chegou, mas para onde está indo. Mas, se você não sabe para onde está indo, qualquer lugar serve.

Com o tempo você aprende que, ou você controla seus atos ou eles o controlarão. E que ser flexível não significa ser fraco ou não ter personalidade, pois não importa quão delicada e frágil seja uma situação. Sempre existem dois lados.

Aprende que heróis são pessoas que fizeram o que era necessário fazer, enfrentando as conseqüências. Aprende que paciência requer muita prática. Descobre que algumas vezes as pessoas que você espera que o chutem, quando você cai, são as poucas que o ajudam a levantar-se.

Aprende que maturidade tem mais a ver com os tipos de experiência que se teve e o que você aprendeu com elas, do que com quantos aniversários você já celebrou.

Aprende que há mais dos seus pais em você do que você supõe. Aprende que nunca se deve dizer a uma criança que sonhos são bobagens. Poucas coisas são tão humilhantes e seria uma tragédia se ela acreditasse nisso. Aprende que quando está com raiva tem o direito de estar com raiva, mas isso não lhe dá o direito de ser cruel.

Descobre que só porque alguém não o ama do jeito que você quer que ame, não significa que esse alguém não o ama com tudo que pode. Existem pessoas que nos amam, mas simplesmente não sabem como demonstrar ou viver isso.

Aprende que nem sempre é suficiente ser perdoado por alguém. Algumas vezes você tem que aprender a perdoar-se a si mesmo. Aprende que com a mesma severidade com que julga, você será um dia condenado.

Aprende que não importa em quantos pedaços o seu coração foi partido. O mundo não pára para que você o conserte. Aprende que o tempo não é algo que possa voltar atrás, portanto, plante seu jardim e decore a sua alma, ao invés de esperar que alguém lhe traga flores.

E você aprende que realmente pode suportar. Que realmente é forte e que pode ir muito mais longe, depois de pensar que não se pode mais.

E que realmente a vida tem valor, que você tem valor diante da vida! Nossas dádivas são traidoras e nos fazem perder o bem que poderíamos conquistar, se não fosse o medo de tentar.

18 Conselhos de Jetro

Assim começou a história da administração

A época é o século XIV antes de Cristo. Liderados por Moisés, cerca de 600 mil hebreus saíram do Egito e se dirigiam à Terra Prometida, já há tempo. Moisés, muito cansado, recebe, em sua tenda, a visita de Jetro, seu sogro.

Não tem muito tempo para falar com o sogro, pois precisa continuar atender às pessoas que vêm falar com ele, lhe pedir conselhos e que ficam numa fila aparentemente interminável. Moisés quase não tem tempo para mais nada. E Jetro observa que o genro resolve, pessoalmente, todos os problemas que lhes são trazidos pelas pessoas.

Bem no final da tarde, Jetro leva Moisés até o alto de uma colina, onde podem conversar sem serem incomodados. Assim, Jetro começa a lhe questionar: "– *Moisés, por que você tem que ficar resolvendo pessoalmente todos os casos que lhe são trazidos? O que você está fazendo não está certo. Desse jeito, você vai ficar cansado demais e o povo também. Isso é muito trabalho para você fazer sozinho.*"

Moisés retrucou: "– *Ora, Jetro, esse é o meu serviço. Eu tenho que fazer assim, porque as pessoas vêm falar comigo para saber o que Deus quer. Você já imaginou se outros fizerem por mim e algo sair errado?*"

O sogro voltou a lhe falar e disse: "– *Isso não deve preocupá-lo, Moisés. Agora, escute o meu conselho e Deus o ajudará. Você deve ensinar ao povo as leis de Deus e explicar o que devem fazer e como devem viver. Mas, você escolher alguns homens capazes e colocá-los como chefes do povo: chefes de mil, de cem, de cinqüenta e de dez. Devem ser homens que respeitem a Deus, que mereçam Sua confiança e que sejam honestos em tudo. Serão eles que sempre julgarão as questões do povo. Os casos mais dificeis serão trazidos a você, mas os mais fáceis eles mesmos poderão resolver. Assim, será melhor para você.*"

Noutras palavras, Jetro sugeriu a Moisés:

☑ ***Escolha pessoas da sua confiança.***

☑ ***Alie confiança, competência e habilidade.***

☑ ***Treine-as e capacite-as para lhe ajudar.***

- ☑ ***Ensine-lhes as regras e dê-lhes as diretrizes para aplicá-las.***
- ☑ ***Faça-as responsáveis.***
- ☑ ***Informe a todos que existem, a partir de agora, essas pessoas.***
- ☑ ***Delegue conforme as habilidades de cada uma.***

Estudo de Caso "OS CONSELHOS DE JETRO"
Colaboração: Aldenora Paiva (Analista de Sistemas)
MARISOL NORDESTE/Pacatuba-CE

Adaptação livre nossa, baseada no texto de Êxodo,
Capítulo 18:14-23 (Bíblia Sagrada)

19 Metade

Poema de Oswaldo Montenegro

QUE a força do medo que tenho não me impeça de ver o que anseio. Que a morte de tudo em que acredito não me tape os ouvidos e a boca... pois, *metade de mim é o que eu grito, mas a outra metade é silêncio.*

Que a música que ouço, ao longe, seja linda, inda que tristeza, que a mulher que eu amo seja pra sempre amada, mesmo que distante... pois, *metade de mim é partida, mas a outra metade é saudade.*

Que as palavras que falo não sejam ouvidas como prece, nem repetidas com fervor – apenas respeitadas, como a única coisa que resta a um homem inundado de sentimentos... pois, *metade de mim é o que ouço, mas a outra metade é o que calo.*

Que a minha vontade de ir embora se transforme na calma e na paz que eu mereço. Que a tensão que me corrói por dentro seja um dia recompensada... porque, *metade de mim é o que penso, mas a outra metade é um vulcão.*

Que o medo da solidão se afaste e que o convívio comigo mesmo se torne, ao menos, suportável. Que o espelho reflita meu rosto num doce sorriso, que me lembro ter dado na infância... pois, *metade de mim é a lembrança do que fui, a outra metade não sei.*

Que não seja preciso mais do que uma simples alegria pra me fazer aquietar o espírito, e que o seu silêncio me fale cada vez mais... pois, *metade de mim é abrigo, a outra metade é cansaço.*

Que a arte me aponte uma resposta, mesmo que ela mesma não saiba. E que ninguém a tente complicar, pois é preciso simplicidade para fazê-la florescer... pois, *metade de mim é platéia, a outra metade é canção.*

E que a minha loucura seja perdoada... pois, *metade de mim é amor e a outra metade também.*

20 O que é amar?

Junho/99. Noite-véspera da nossa primeira experiência a bordo de um navio. Até então, o nosso conhecimento marítimo ou fluvial se limitava aos passeios que fazíamos à *Barra dos Coqueiros (Aracaju-SE)* ou quando íamos pegar uma praia na *Barra do Ceará (Fortaleza-*

CE) e, mais recentemente, pelo afã da experiência virtual com *"Titanic"*.

Estávamos ansiosos. Quase 24 horas de aventura *(Belém-Macapá)*, num camarote só nosso, experimentando a sensação do balanço das ondas – aliás, só sensação, pois não dá pra perceber nada –, enfim, seria uma viagem de navio. E de primeira classe!

Mas, enquanto não chegava o dia seguinte, curtíamos o aconchego da *suíte presidencial* no apê dos nossos queridos anfitriões ***Elias & Irenice***, com direito a amendoim, castanha-do-pará, açaí, bacuri, tudo de cupuaçu, varanda com vista para a Igreja do Círio de Nazaré e *navegação* nos canais de TV a cabo.

Naquela noite, a gente queria *só dormir mesmo*. Estávamos muito cansados e a viagem *(implantação do 1º. Encontro de Casais com Cristo/ECC, em Macapá)* seria uma excelente oportunidade para repor as energias. Rose, já bem grudadinha em mim, semi-adormecida, permitiu-me *passear* um pouco na TV.

Parei no Jô *(que já era por volta de uma da manhã)* e me chamou a atenção a entrevista com o cantor Guilherme Arantes. Ao final, a música que ele cantou, não despertou nenhum interesse de imediato. No entanto, ao repetir, na passagem dos caracteres de encerramento do programa, a parte inicial da letra me aguçou a curiosidade e eu levantei para anotar os primeiros versos: ***"O que é amar, senão o caminho pra crescer e nunca descuidar que o outro também cresça?"***

Nesse momento, eu me reportei a uma outra letra, que o Caetano *(em composição do Peninha)* ***"estourou"***, e juntei as duas:

"Amar é o caminho para crescer e nunca descuidar que o outro também cresça..." pois, **"quando a gente gosta, é claro que a gente cuida!"**

Dormimos.

P.S. A viagem foi ótima. Eu me senti o próprio Jack e a Rose, a Rose (referência ao Titanic).

21 Como você era

ASSIM era você quando tinha cinco ou seis anos de idade: *aventureiro, corajoso, podia ficar de cabeça para baixo horas e horas, sem pensar nisto. Era espontâneo, cheio de energia. Um participante entusiasta em tudo o que fazia.*

Mas, porque estamos mostrando esse auto-retrato do seu passado? Por que o trazemos de volta ao futuro? Porque *achamos que você tem muito a aprender de como era em criança.*

Sobre a criatividade, sobre a solução de problemas, sobre *o tempo em que as únicas pedras em seu caminho serviam para construir castelos imaginários e não para bloquear sua criatividade ou impor quaisquer limites.*

Você vivia no mundo da imaginação, onde poderia fazer tudo que sua vontade mandasse: podia cozinhar sem fogo, encher um bule sem água, tomar chá sem nenhum chá, podia levar um grupo de amigos para férias na praia, sem sair do quadrado de areia. Ou voar até à Lua, sem sair do chão ou criar um modelo de estilista, sem ter tecido.

Sim, *assim era você antes. Adorava as diversões, as pessoas. Envolvia-se. Era engenhoso, curioso.* Ao contrário dos adultos, ao fazer perguntas, você podia parecer burro. Você não ligava. *Você parecia entender que as perguntas levam a melhores perguntas, as respostas levam a melhores respostas.* Se quisesse saber algo, você ia procurar.

O mais maravilhoso em como você era antes, é que o céu não tinha que ser azul. Podia ser da cor que quisesse. Para gostar de pintar, não precisava acreditar que tinha o talento de Michelangelo. Você tinha o direito de fazer alguma coisa da maneira como achava certo pra você. Nem sequer precisava de pincel para pintar – só uma bolinha de gude.

Você era criativo com todos os seus sentidos. E como não tinha idéia do que era conformidade, gostava de ser diferente. Ainda não tinha adotado nenhum estereótipo. Os meninos podiam gostar de flores tanto quanto as meninas. As meninas gostavam delas porque eram bonitas e cheirosas e não porque eram coisas de meninas.

Para você, bastava ser naturalmente criativo. Parecia entender bastante bem que se desenvolve a criatividade criando. Tentando coisas novas, aprendendo daqueles que vieram antes de você ou sendo o primeiro a criar algo único. A inovação era algo natural para você. Não estava amarrado em noções preconcebidas, em limites preconcebidos.

Tudo tinha um uso e depois mais outro. Porque *você e todas as crianças sabiam quantas coisas maravilhosas poderiam ser criadas a partir de outras.* Coisas para usar juntas, coisas para explorar. Coisas que podiam estar atrás de uma porta, mesmo que houvesse outras crianças atrás dela.

As crianças estão dispostas a arriscar um pouco de si de outras maneiras. Pergunte a qualquer classe de cinco ou seis anos, quem quer ser cachinhos de ouro. Todos querem. ***Eu quero*** *estava decididamente em alta. Não tinha importância se você era bom ou ruim. Bastava o prazer de fazer.*

Deixando sua mente fértil correr livre, *você tinha uma boa imagem de si mesmo.* Ninguém ainda tinha convencido você de que não fica bem acreditar que é especial. Ninguém tinha acabrunhado você com o peso da dúvida de si mesmo, do temor ou fracasso. *Era natural ter um alto conceito de si e você tinha!*

Instintivamente, os adultos tropeçam sempre em suas inibições e vivem a vida como expectadores. Instintivamente, *as crianças interessadas nas experiências vivem a vida como participantes.* Pela alegria, as crianças dessa idade se congratulam mutuamente. Não pretendem julgar nem a si nem aos outros. Quando estão dançando cada um se crê um *Fred Astaire* ou *Ginger Roger*. Ninguém se preocupa em saber quem é o melhor. Cada um cria o seu estilo. Cada um, simplesmente, se solta e vai em frente.

O mesmo se dá quando cantam – todos são um coro de uma só voz. Ninguém se recusa a cantar só porque não é um *Pavarotti* ou *Maria Caras*.Todos gostam do velho e cansado *"atirei o pau no gato"*.

Você era igualmente entusiasta quando podia aprender algo novo. Os desafios eram fascinantes, divertidos e valiam a pena. Toda experiência nova, novos amigos eram bem-vindos. Nunca deixava de se aproximar de alguém só porque era diferente de você. Você era curioso sim! Tinha perguntas sim! E sempre havia uma aventura à frente para você. Como a tartaruga, preferia ficar fora da casca.

Sim, assim era você antes! Se não é assim agora, pense nisto! *Pense em voltar ao você de ontem – ria mais, brinque mais, experimente mais, questione mais, force a sua criatividade.*

Permita-se, às vezes, colorir fora das linhas.

Permita-se ter orgulho do que realiza.

Balance para longe os moldes tradicionais.

Libere a sua imaginação, suas inibições, sua energia, o seu eu. As pessoas vão gostar de como você era!

Texto do filme "COMO VOCÊ ERA", distribuído no Brasil pela SIAMAR – Filmes de Treinamento

22 A triste partida

Patativa do Assaré – Recebeu música de Luiz Gonzaga

"Seu doutô me dê licença pra minha história eu contá... Hoje, eu to numa terra estranha e é bem triste o meu pená, mas já fui muito feliz. Eu sou fio do Nordeste, não nego o meu naturá... Mas, uma seca medonha me tangeu de lá pra cá...".

*Trecho dos versos de **"Vaca Estrela, Boi Fubá"***

SETEMBRO passou com outubro e novembro, já tamo em dezembro... *Meu Deus, o que é de nóis?* Assim fala o pobre do seco Nordeste, com medo da peste, da fome feroz.

A treze do mês ele fez isperiença, perdeu sua crença nas pedra de sá... Mas, noutra esperança com gosto se agarra, pensando na barra do alegre natá.

Rompeu-se o natá, porém barra não veio. O sol bem vermeio nasceu muito além... Na copa da mata buzina a cigarra, ninguém vê a barra, pois barra num vem.

Sem chuva na terra descamba janeiro, depois fevereiro e o mesmo verão... Entonce o nortista pensando consigo, diz: *Isso é castigo, num chove mais não.*

Apela pra março, que é o mês preferido, do santo querido, Senhor São José... Mas, nada de chuva, tá tudo sem jeito, lhe foge do peito o gosto da fé.

Agora, pensando, ele segue outra trilha. Chamando a famia, começa a dizer: *Eu vendo o meu burro, meu jegue e o cavalo, nóis vamu a São Palo, viver ou morrer.*

Nós vamu a São Palo que a coisa ta feia, por terras alheia nóis vamu vagar... Se o nosso destino não for tão mesquinho, ai, pro mesmo cantinho nóis torna a vortá.

E vende seu burro, o jumento e o cavalo, inté mesmo o galo vendero também... Pois, logo aparece feliz fazendeiro, por pouco dinheiro lhe compra o que tem.

Em um caminhão ele joga a famia, chegou triste dia, já vai viajar... A seca terrível, que tudo devora, lhe bota pra fora da terra natá.

O carro já corre no topo da serra, oiando pra terra, seu berço, seu lar... Aquele nortista, partido de pena, de longe acena: *Adeus, meu lugá!*

No dia seguinte, já tudo infadado e o carro embalado, veloz a correr... Tão triste, coitado, falando saudoso, um seu fio choroso exclama a dizê:

De pena e saudade papai sei qui morro, meu pobre cachorro quem dá de comê? Já outro pergunta: *Mãezinha, e meu gato? Com fome e sem trato o Mimi vai morrê!*

E a linda pequena, tremendo de medo... *Mamãe, meus brinquedo, meu pé de fulo, meu pé de roseira, coitado ele seca e minha boneca, também lá ficou.*

E assim vão deixando, com choro e gemido, do berço querido, o céu lindo e azul... O pai pesaroso, nos fio pensando e o carro rodando na estrada do sul.

Chegaro em São Palo sem cobre e quebrado, e o pobre, acanhado, percura o patrão... Só vê cara estranha, de estranha gente, tudo é diferente do caro torrão.

Trabaia dois ano, três ano e mais ano e sempre nos planos de um dia vortá... Mas, nunca ele pode, só vive devendo e, assim, vai sofrendo, é sofrê sem pará.

Se arguma notíça das banda do Norte, tem ele por sorte o gosto de ouvir... Lhe bate no peito saudade de móio e as água nos óio começa a cair.

Do mundo afastado ali vive preso, sofrendo desprezo, devendo ao patrão... O tempo rolando, vai dia e vem dia e aquela famia num vorta mais não.

Distante da terra, tão seca, mas boa, exposto à garoa, à lama e o paú... Faz pena o nortista, tão forte e tão bravo, vivê como escravo, no Norte e no Sul!

23 Cantar de vero amor

Cecília Meireles

A Heitor Grillo

Assim, aos poucos, *vai sendo levada a tua Amiga, a tua Amada!*

E assim *de longe ouvirás a cantiga da tua Amada, da tua Amiga.*

Abrem-se os olhos – e é de sombra a estrada, para chegar-se à Amiga, à Amada!

Fecham-se os olhos – e eis a estrada antiga, a que levaria à Amada, à Amiga.

Se me encontrares novamente, nada te faça esquecer a Amiga, a Amada!

Se te encontrar, pode ser que eu consiga ser para sempre a Amada Amiga!

E, assim, aos poucos, vai sendo levada a tua Amiga, a tua Amada!

E, talvez, *apenas uma estrelinha siga a tua Amada, a tua Amiga.*

Para muito longe vai sendo levada, desfigurada e transfigurada, sem que ela mesma já não consiga dizer que era a tua profunda Amiga, sem que possa ouvir o que tua alma brada: que era a tua Amiga e que era a tua Amada.

Ah! *Do que se disse nada mais se diga!* Vai-se a tua Amada, vai-se a tua Amiga!

Ah! *Do que era tanto, não resta mais nada... Mas houve essa Amiga, mas houve essa Amada!*

Queremos estar com você!

VOCÊ tem à mão uma coletânea de histórias e outras preciosidades, para utilizar e enriquecer as suas apresentações.

Queremos receber de você sugestões, idéias de como apresentar as diversas histórias deste livro, enfim, queremos ter você conosco, conhecendo a sua experiência.

Realizamos *treinamentos, workshops, palestras, nas áreas de motivação, planejamento, team building, vendas & atendimento ao cliente*. Desenvolvemos *programas de capacitação e formação em Dinâmica de Grupo e Instrutores em T&D.*

Temos tido o privilégio de estar com você, através dos nossos outros livros: ***"S.O.S. Dinâmica de Grupo", "Jogos, Dinâmicas & Vivências Grupais", "Gerenciar no Limite" e "Vitalizadores"***, todos publicados pela *Qualitymark Editora.*

Entre em contado conosco e conheça o nosso trabalho:

Albigenor & Rose Militão

IMAGEM DOMÍNIO

TREINAMENTO & DESENVOLVIMENTO EMPRESARIAL

Rua Costa Barros, 2.234 – Aldeota

CEP 60160-281 – Fortaleza-CE

www.imagemdominio.com.br

id@imagemdominio.com.br

(85) 261-0555

Bibliografia

MUITOS dos textos, reflexões e histórias deste livro foram extraídos, adaptados ou recebidos através da Internet, ouvidos em palestras e conferências, sem, no entanto, serem citadas as suas verdadeiras autorias. A princípio, vamos considerá-los como de "domínio público", porém ficaremos muito felizes em reconhecer e identificar os seus autores, para fazermos a referência devida.

ANGELIM, Paulo. *POR QUE EU NÃO PENSEI NISSO ANTES?*. Editora Casa da Qualidade, 2002 – Salvador – BA.

BENNETT, William J. *O LIVRO DAS VIRTUDES – UMA ANTOLOGIA*. Editora Nova Fronteira, 1993 – Rio de Janeiro – RJ.

BÍBLIA SAGRADA *NOVA TRADUÇÃO NA LINGUAGEM DE HOJE*. Sociedade Bíblica do Brasil, 2000 – Barueri – SP.

CANFIELD, Jack e HANSEN, Mark Victor. *HISTÓRIAS PARA AQUECER O CORAÇÃO 2*. Editora Sextante, 2001 – Rio de Janeiro – RJ.

CANFIELD, Jack e HANSEN, Mark Victor. *CANJA DE GALINHA PARA A ALMA*. Ediouro Publicações S.A., 1995 – Rio de Janeiro – RJ.

CANFIELD, Jack, HANSEN, Mark Victor e McNAMARA, Heather. *HISTÓRIAS PARA AQUECER O CORAÇÃO*. Editora Sextante, 2001 – Rio de Janeiro – RJ.

CANFIELD, Jack, HANSEN, Mark Victor, SPILCHUK, Barry. *VOCÊ NÃO ESTÁ SÓ HISTÓRIAS DE AMOR E CORAGEM*. Ediouro Publicações S.A., 1998 – Rio de Janeiro – RJ.

GRAY, Alice. *HISTÓRIAS PARA O CORAÇÃO*. Editora United Press, 2001 – Campinas – SP.

MILITÃO, Albigenor & Rose. *GERENCIAR NO LIMITE*. Qualitymark Editora, 2000 – Rio de Janeiro – RJ.

MILITÃO, Albigenor & Rose. *JOGOS, DINÂMICAS & VIVÊNCIAS GRUPAIS*. Qualitymark Editora, 2000 – Rio de Janeiro – RJ.

MILITÃO, Albigenor & Rose. *S.O.S. DINÂMICA DE GRUPO*. Qualitymark Editora, 1999 – Rio de Janeiro – RJ.

SHINYASHIKI, Roberto. *A CARÍCIA ESSENCIAL*. Editora Gente, 1988 – São Paulo – SP.

ZIG ZIGLAR. *O QUE EU APRENDI NO CAMINHO PARA O TOPO*. Editora United Press, 2000 – Campinas – SP.

Sugestão de Leitura

Jogos, Dinâmicas e Vivências Grupais

Este é um livro que requer uma performance mais aprimorada do facilitador, um maior conhecimento dos fenômenos que ocorrem nos grupos, suas características e contextos, além da necessidade de um conhecimento prévio teórico-vivencial de aspectos relacionados ao trabalho com pessoas.

Autores:
Albigenor Militão, Rose Militão

Nº de páginas: 248

Dados Técnicos:

• **Formato:**	16×23cm
• **Mancha:**	12×19cm
• **Fontes:**	TimesNewRoman
• **Corpo:**	12
• **Entrelinha:**	14
• **Total de Páginas:**	160
• **6ª Reimpressão:**	2012
• **Gráfica:**	Sermograf